NESTEMATE DUHOVNICEŞTI

Povestiri pentru întreaga familie
Vol.1

CRISTIAN ȘERBAN   CLAUDIA ȘERBAN

NESTEMATE DUHOVNICEŞTI

Povestiri pentru întreaga familie

Vol.1

CUPRINS

ISBN 978-606-92455-07
Vol. 1. - 2010. - 4 vol.. - ISBN 978-606-92455-1-4

Zece tâlhari şi zece domniţe

Prima poveste

Într-o pădure întinsă şi deasă sălăşluia o bandă de tâlhari care băgase spaima în întreg ţinutul. Tâlharii profitau de faptul că prin acea pădure trecea singurul drum dintre două ţinuturi, astfel că nu se sfiiau să-i atace pe cei care treceau cu căruţele sau trăsurile şi pe mulţi dintre drumeţi sau călători. Ei nu ţineau cont că cel pe care îl jefuiau era sărac sau bogat, femeie sau bărbat, slugă sau stăpân, tânăr sau bătrân.

Numele căpeteniei tâlharilor era Mândrilă, iar ceilalţi nouă se numeau Lăudărosul, Hulitorul, Lăcomilă, Necucernicul, Urâciosul, Clevetilă, Neîmblânzitul, Trădătorul şi Obraznicul. Aceşti bărbaţi neînfricaţi, mari la stat şi voinici, călăreau nişte cai bine hrăniţi, cu picioarele ca nişte drugi de fier, frumoşi şi mai mari decât orice cal exista în întreg ţinutul. Nimeni nu ştia cu adevărat unde sălăşluiau tâlharii, iar când erau urmăriţi, ei fugeau pe caii lor pe cărări numai de ei ştiute şi nimeni nu le putea veni de hac.

În fapt de seară, într-una din zile, tâlharii pândiră la drum şi văzură cum se apropie o şaretă veche, trasă de o mârţoagă, o iapă costelivă, numai piele şi os, neîngrijită şi cu coama rară. Înăuntrul şaretei era o babă, o adevărată vrăjitoare, căci nu avea ce să fie altceva. Purta haine cenuşii şi o mantie neagră jerpelită. Pe cap avea o pălărie neagră, cu boruri largi lăsate pe o parte şi cu un ţugui caraghios. Baba avea sprâncene stufoase, buzele subţiri, dinţii urâţi şi cariaţi şi un nas uriaş. Tâlharii îi tăiară calea şi într-o clipă o luară pe vrăjitoare pe sus, o legară de un copac, apoi priponiră iapa de un ciot. Totul se petrecu atât de repede, încât vrăjitoarea nici nu apucă să zică pâs. Prădătorii răsturnară şareta şi începură să scotocească, dar în afară de un bici şi de o ţesală nimic nu au găsit. Miraţi de acest lucru tâlharii se apropiară de copacul unde era legată baba.

- Şi acum ce? zise vrăjitoarea cu glasul său ascuţit şi răguşit. Ce vreţi de la mine? N-aţi văzut că nu am nimic?

- Ei babo, tu crezi că noi sălăşluim de ieri, de azi prin pădurile astea? Nimeni nu merge prin pădure fără să aibă ceva asupra sa, spuse Mândrilă, căpetenia tâlharilor.

- Eee iaca, eu n-am! zise vrăjitoarea.

Dar numaidecât un voinic din bandă fu lângă ea şi din buzunarul adânc al hainelor babei scoase o cutie bătută cu pietre scumpe.

Vrăjitoarea bolborosi repede câteva cuvinte şi cutia începu să se înfierbânte, astfel că acela nesuportând-o în mâini fiindcă frigea, îi dădu drumul pe jos. Din cutie ieşi un glob de cristal care se rostogoli în iarbă. La vederea lui, iapa babei începu să necheze puternic şi să se agite, ridicându-se pe picioarele din spate, iar tâlharii au priceput că trebuie să fie ceva necurat cu acest glob.

Mândrilă zise atunci cu ironie în glas:

- Da! Acum vedem că nu ai nimic la tine! Da cu acestea ce e?

- Acelea ce le vedeţi, zise baba, sunt lucruri pe care voi nu ştiţi să le folosiţi!

Unul dintre tâlhari dădu să ridice globul din iarbă, să vadă ce e cu el, dar baba bolborosi iar câteva cuvinte şi globul începu să se încălzească, încât acela îl aruncă din nou în iarbă!

- Ei babo cu noi nu te joci, spuse Neîmblânzitul scoţând un satâr. Termină cu vrăjile că oricum nu ne poţi opri să-ţi luăm globul sau cutia!

- Puteţi să le luaţi, dar nu ştiţi să le folosiţi! Puteţi să mă omorâţi, dar odată cu mine va muri şi secretul celor zece domniţe din Pădurea de Aramă.

- Ce secret, ce tot îndrugi acolo? întrebă Mândrilă.

- Dezlegaţi-mă şi hai să şedem aici pe iarbă să vă povestesc!

Bizuindu-se pe puterile lor de voinici, tâlharii o dezlegară pe vrăjitoare şi o lăsară să se aşeze pe iarbă şi să înceapă să povestească. Erau curioşi să afle ce e cu cutia cu nestemate, dar şi cu globul de cristal.

Şi începu baba a povesti cum, fiind fata unui împărat de departe, un vrăjitor a venit într-o noapte, a răpit-o şi a dus-o în zbor departe, în Ţinuturile fără nume. Ea a stat prizonieră mulţi ani într-un turn, dar apoi vrăjitorului a început să i se facă milă de ea şi a eliberat-o din acea adevărată închisoare cu condiţia să-i slujească. Acest vrăjitor nu dormea decât o dată pe lună, şi atunci când dormea el, totul adormea în jur. Păsările nu mai ciripeau, animalele toate trăgeau să doarmă, vântul nu mai adia și chiar și râul cel vijelios care înconjura ținutul devenea mai domol.

Ea prinse a-i sluji vrăjitorului, dar într-ascuns învăță toate formulele pe care vrăjitorul le rostea atunci când folosea globul de cristal din cutia bătută cu nestemate. Ea învățase pe de rost sute de formule ale vrăjitorului, dar nu a îndrăznit să se apropie de glob ani de-a rândul. O făcu într-o zi când vrăjitorul dormea.

Totul în jur își încetini mersul, după cum se întâmpla întotdeauna. Ea merse cu curaj, luă în mâini cutia cu nestemate și globul, apoi coborî treptele castelului vrăjitorului. Ea încercase să mai fugă când vrăjitorul dormea, însă nu știa cum să treacă de râul ce-i drept domol, dar foarte adânc. Ea nu știa să înoate, dar având acel glob prinse curaj și numai atingându-l de suprafața apei și rostind o formulă pe care o învățase de la vrăjitor, dintr-o dată râul se despică și putu să treacă dincolo, mergând prin acel vad. Prinse apoi să meargă repede-repede cu gândul să ajungă cât mai departe, încât să nu o ajungă vrăjitorul din urmă. Când deodată simți că se întâmplă ceva cu ea. Cum înainta, preț de o poștă, cum îmbătrânea cu un an. Mai înainta în acele ținuturi fără nume și de ce înainta cu atât mai mult îmbătrânea. Și văzând acestea, începu a rosti pe rând toate formulele pe care le învățase de la vrăjitor, dar acestea la nimic nu i-au folosit, căci tot mai mult îmbătrânea.

Ajungând într-un loc unde trăiau oameni, începu a se feri de toți pentru că se transformase într-o babă hidoasă; din frumusețea de fată care era odată. Înțelesese atunci că vrăjitorul blestemase pe acela care va intra în posesia globului să îmbătrânească la fiecare pas pe care îl face.

- De aceea, spuse baba, nu mai merg pe jos! Fiindcă de ce merg pe jos, de aia îmbătrânesc și folosesc și eu șareta asta oriunde mă duc, însoțindu-mă cu iapa asta bătrână care nu arată, dar are putere cât zece armăsari.

- Dar babo, de ce mai cari după tine globul fermecat? întrebă tâlharul numit Clevetilă.

- Păi îl țin la mine că să nu ajungă iar pe mâna vrăjitorului acela rău, care poate face din lumea aceasta ce vrea el, adică poate face rău oricui.

- Știi ce? Prea multă vorbărie! zise Mândrilă. Nu știm care este adevărul adevărat și dacă nu cumva ne-ai îmbrobodit cu povestea asta. Dar m-am gândit, zise căpetenia tâlharilor, îți dăm globul de cristal înapoi, chiar și cutia, numai să ne spui ce ne dai în schimb.

- În schimb, o să vă spun secretul celor zece domnițe frumoase din

Pădurea de aramă.

- Eeeh, nu cumva iar vrei să ne îmbrobodeşti? spuse Clevetilă.

- Nu, zise baba, aduceţi globul şi vă voi arăta!

Şi luând baborniţa acel glob în mâini, spuse o formulă, iar tâlharii văzură rând pe rând chipul celor zece domniţe, jurându-se după aceea că nu văzuseră fete mai frumoase în viaţa lor.

- Aceste domniţe sunt zece prinţese furate din zece ţinuturi îndepărtate unul de celălalt, povesti baba. Cele zece frumoase trăiesc în Pădurea de aramă, fiind duse acolo de acelaşi vrăjitor de la care am luat eu globul. Cele zece domniţe nu pot fugi din această pădure, fiindcă ţinutul este înconjurat de copaci uriaşi de piatră prin care nu poţi să te strecori.

- Şi-am să vă spun acum secretul, zise baba atingând uşor globul de cristal. Iaca, nimeni nu ştie afară de mine secretul acestei păduri, iar eu îl cunosc fiindcă am fost ucenică a vrăjitorului. Acei copaci de piatră, noaptea se fac copaci adevăraţi şi poţi pătrunde printre ei, ca să intri sau să ieşi din Pădurea de aramă. Numai că la prima rază de soare, cum se crapă de ziuă, copacii împietresc la loc şi de este pe acolo vreo fiinţă străină sau vreo vietate aceea împietreşte pe loc. Dacă vreţi să ajungeţi la domniţe, să intraţi în acest ţinut noaptea, căci ziua totul împietreşte.

- Şi la ce ne-ar trebui nouă domniţele? întrebă tâlharul numit Urâciosul.

- Ele au blestem să nu poată să fie scăpate decât de zece viteji călări care le vor răpi noaptea. Domniţele nu cunosc secretul copacilor, fiindcă vrăjitorul cel rău a turnat în râul din pădurea de aramă o licoare, astfel că ele bând din această apă, adorm la primele semne ale asfinţitului de soare şi se trezesc odată cu prima rază de soare.

Tâlharii mai aflară de la babă că fetele dormeau din cauza acelei licori atât de adânc noaptea încât puteau fi răpite fără vreo problemă.

Auzind acestea ei nu mai stătură pe gânduri, puseră merinde în traistă, adăpară şi ţesălară caii şi la drum, spre Pădurea de aramă. Cunoscând ce se întâmplă cu copacii de piatră, tâlharii intrară cu uşurinţă în pădure şi începură a căuta domniţele adormite. Le găsiră după multă căutare, le urcară pe cai, şi luminând drumul cu făclii, dădură zor să iasă cât mai repede din pădure, fiindcă peste puţin timp soarele trebuia să răsară. Ajunseră la bariera ,,copacilor de piatră" şi aici se grăbiră şi mai tare de teamă să nu împietrească şi ei odată cu răsăritul. Dădură pinteni cailor lor care dintr-o săritură ajunseră într-un luminiş în afara Pădurii de aramă.

Numai calul celui numit Hulitorul nu apucă să iasă în acel luminiş, fiindcă era ultimul în rând pe potecă. Exact în clipa în care calul făcu saltul să iasă în luminiş atunci copacii împietriră, iar copitele din spate ale calului se făcură şi ele din piatră.

După atâtea aventuri, tâlharii ajunseră în sălaşul lor, dezlegară fetele şi le înconjurară, gândind că acestea vor voi să scape odată ce se vor fi trezit. După ce se deşteptară, una dintre domniţe numită Înfrânarea prinse a le vorbi tâlharilor:

- Noi suntem zece domniţe care ne numim Iubirea, Bucuria, Pacea, Cinstea, Răbdarea, Binefacerea, Bunătatea, Credinţa, Blândeţea şi Înfrânarea. Noi nu voim a fugi, căci credem în Dumnezeu şi de va fi să scăpăm din mâinile voastre, vom scăpa nu cu fuga, ci cu ajutorul Lui. Noi chiar vrem să vă mulţumim că ne-aţi scos din Pădurea de aramă, căci trăiam acolo ca într-o închisoare.

- Aici la voi trebuie să fie mai bine, zise Răbdarea, căci acolo nimic nu făceam, mai mult ne odihneam şi mâncam, ne rugam şi plângeam de dorul părinţilor noştri!

- Şi nu ştiu de ce eram mai tot timpul somnoroase, spuse cu glas domol Blândeţea.

- Noi chiar vă suntem recunoscătoare că ne-aţi scos de acolo, spuse Iubirea, cea mai frumoasă domniţă dintre toate, fiindcă simţim că aici nu mai suntem sub puterea vreunei vrăji şi nici împrejmuite cu copaci de piatră. Numai să ne spuneţi ce aveţi de gând cu noi, ce ne veţi face!

Mândrilă spuse:

- Câteva zile veţi sta cu noi aici în pădure. Dorim să mergem la părinţii voştri şi să cerem preţ de răscumpărare pentru fiecare în parte.

Domniţele se liniştiră atunci înţelegând că tâlharii nu au de gând să le facă vreun rău, iar la rândul lor tâlharii înţeleseseră că domniţele nu voiesc să fugă şi că vor aştepta ca ei să vină cu un răspuns de la părinţii lor.

A doua poveste

Într-o zi mergând călare spre râu să-şi spele calul şi să-l ţesale, Hulitorul nu fu atent când o luă pe o scurtătură şi se lovi la cap de o creangă groasă, căzând astfel de pe cal. Până ajunse la râu să-şi spele rana, după obiceiul său, înjură tot drumul de „irod", de „grijanie" şi de alte lucruri sfinte. Când ajunse aproape de râu o văzu cum spăla rufe pe domniţa numită Înfrânarea, care tresări doar un pic, se ridică, aruncă o privire scurtă şi-şi văzu de treabă, chiar dacă tâlharul era la un pas de ea şi înjura.

Tâlharul băgă mâna în apă, îşi spălă rana şi tuna şi fulgera, neţinând cont că lângă el se afla domniţa, care lăsă pe moment rufele şi se apropie.

- Dă-mi voie să te ajut! spuse Înfrânarea, care rupse o fâşie dintr-o cămaşă şi îi înfăşură cu grijă rana aceluia. Nu e nevoie să înjuri aşa! Fiindcă nu ţi se închide rana dacă blestemi sau huleşti!

- Înjur cât vreau! Sunt propriul meu stăpân, zise atunci tâlharul.

- Eşti propriul tău stăpân, fiindcă Dumnezeu din marea Sa bunătate ne-a dat libertate. Dar te întreb: ştii ceva despre cele sfinte de care tot înjuri?

- Nu ştiu, spuse atunci Hulitorul, înmuiat un pic de glasul domol al fetei care îi oblojise rana şi-l îngrijise, cum nimeni nu o făcuse până atunci.

- Dar unde ai învăţat aceste hule, întrebă domniţa?

- Eiiiiiii, zise tâlharul, un pic ruşinându-se, înainte să mă fac tâlhar am trăit într-un sat de creştini. Eu nu eram creştin, dar am putut vedea că Duminica oamenii se îmbrăcau frumos şi mergeau la biserică... Şi când ieşeau de acolo, parcă aveau aşa...o lumină pe chip. Eu am fost ucenic la un potcovar care nu era credincios. Şi când îl supăra vreo vită sau vreun cal, acesta trântea, bătea animalele şi înjura exact aşa cum m-ai auzit şi pe mine...

- Şi tu crezi că e bine? întrebă Înfrânarea.

- Aş zice că nu e bine, dar aşa m-am învăţat de mic...

- Fiindcă mi-ai zis că nu ştii, o să-ţi spun eu...Irod a fost regele care a ordonat uciderea tuturor pruncilor în vremea în care S-a născut Mântuitorul nostru Iisus Hristos şi Mântuitorul lumii...

- Dar cine este Iisus?

- Domnul şi Dumnezeul nostru, spuse domniţa, căci eu sunt creştină şi ştiu acestea...El este Izbăvitorul omenirii, căci S-a lăsat răstignit pe Cruce pentru noi...

Şi vorbi mai departe fata:

- Iar „grijanie" este în popor o altă denumire pentru Sfânta Împărtăşanie, adică pâinea şi vinul din dumnezeiescul Potir, care nu sunt altceva decât Trupul şi Sângele Domnului...Când creştinii se împărtăşesc din acest Potir, devin curaţi şi luminoşi la faţă, aşa cum i-ai văzut tu atunci când ieşeau de la biserică...

- Tu îmi zici astfel, că nu e bine să înjur de „grijanie", „irozi" sau „cristoşi"?

- Nu numai că nu e bine, dar te lipseşti de orice ajutor de la Dumnezeu, fiindcă înjurătura alungă Duhul Sfânt...Dumnezeu este Cel care ne-a făcut şi ne-a dat viaţă şi noi ne întoarcem asupra Lui cu înjurături şi hule? Oare este drept?

Zicând acestea, fata se îndreptă spre locul unde lăsase rufele la înmuiat şi-şi văzu de ale sale, de parcă nici nu ar fi stat vreodată de vorbă cu acel tâlhar.

A treia poveste

Cei zece tâlhari care ţineau cele zece prinţese prizoniere nu îndrăzneau să se poarte urât cu domniţele, fiindcă acestea erau nişte persoane delicate, firave şi foarte plăcute la vedere. Fiind prinţese şi de neam ales, fiind şi creştine, toate aveau o purtare aleasă şi o bunătate care îi molipsea pe cei din jur.

După o zi de alergătură prin pădure, tâlharii se întoarseră în sălaşul lor şi se aşezară roată în poiana unde de obicei ei luau masa. Aici se puseră la sfat. Unul dintre ei, pe nume Clevetilă spuse:

- Eu zic să le aducem şi pe prinţese aici, că s-or fi săturat de făcut treabă...Să le întrebăm una alta!

Obraznicul sări în mijlocul tâlharilor şi schiţă în jurul vetrei de foc un fel de dans şi spuse râzând nebuneşte:

- Păi, poate le invităm pe domniţe şi la un dans!

Mândrilă strânse pumnul şi scrâşni din dinţi:

- Nimeni nu dansează cu nimeni! Să nu vă prind că vă atingeți de vreuna dintre domnițe... Scopul nostru este să scoatem bani de la părinții lor și să le ducem la curțile regale întregi și nevătămate. Nu le vom face rău nici cu fapta și nici măcar cu gândul. S-a înțeles?

- Păi de ce? întrebă Neîmblânzitul care de felul lui nu înțelegea cum poate cineva să fie bun și îngăduitor cu celălalt.

- Pentru că dacă ne vom purta frumos, doar așa ne vom lua recompensele întregi, altfel riscăm ca părinții lor, adică regii, să trimită după noi armate întregi și vom sta numai în războaie și lupte.

- Am înțeles! Vom fi precauți și ne vom purta frumos cu domnițele, zise Lăcomilă. Dar eu zic că are dreptate Clevetilă! Să le chemăm pe prințese să stea cu noi la snoave și să ne ajute să gătim mistrețul!

Și fără să stea prea mult pe gânduri, tâlharii coborâră din șaua unuia dintre cai, un ditamai mistrețul, ucis de ei în pădure, îl târâră până la vatră și pregătiră un proțap.

Fură aduse și domnițele și începu un fel de petrecere câmpenească, chiar dacă domnițele nu participau cu dragă inimă la asta.

Tâlharii începuseră să spună snoave și povești, istorioare sau întâmplări, și iată că veni și rândul Lăudărosului să spună ceva:

- Eu n-am să vă spun nicio snoavă. Dar am să vă arăt ceva. Când eram băiet atâta, zise arătând cam până la șold, scoteam copaci cât brațul de groși din pământ. Când m-am făcut băiet mai mare, am început a scoate copaci din pământ care erau cât grumazul calului de groși. Și acum vă întreb: Cam cât de groși credeți că sunt copacii pe care pot să îi scot din rădăcină acum? E vreunul dintre voi care vrea să se pună cu mine?

Se ridică atunci domnița numită Binefacerea și spuse.

- Eu aș vrea să mă prind în această luptă, să vedem care e mai puternic!

Tâlharii tăcură preţ de o clipă, apoi izbucniră într-un râs zgomotos uitându-se la cât de firavă era domniţa.

Lăudărosul nu mai stătu la vorbă, apucă un copac ce de-abia îl cuprindeai cu braţele şi din două mişcări îl scoase din rădăcină şi-l puse la pământ. Privind cu superioritate la copacul căzut, Lăudărosul veni în rândul tâlharilor. Binefacerea se apropie de copac, îl studie atent şi făcu acestea: mai întâi aduse repede un hârleţ şi mări groapa din care fusese smuls copacul, apoi aduse un bolovan ceva mai mare şi un par ca să le folosească pe post de pârghie. Merse undeva spre vârful copacului căzut şi de acolo ridică un cuib răvăşit de pasăre. Îl luă în mâini, puse cei câţiva puişori din cuib la locul lor, bucurându-se că aceştia ca prin minune au scăpat cu viaţă. Prinse cu curaj parul în mâini şi ajutându-se de bolovan ridică copacul până îl puse la locul lui în picioare. Aduse pământ, îl bătători în jurul gropii care se căscase mai devreme şi după ce puse copacul la locul său, din două salturi, fiindcă era uşurică, ajunse aproape de vârful copacului punând cuibul la locul său, aproape de vârf. Şi coborând din copac domniţa se aşeză şi spuse:

- Acum este rândul meu să spun o snoavă. Într-un ţinut erau un vrăjitor şi un sfânt. Vrăjitorul se tot lăuda că este mai puternic decât sfântul. Împăratul l-a trimis atunci pe acest vrăjitor într-un sat, spunându-i să-i omoare pe toţi oameni de acolo fiindcă îi sunt duşmani. Vrăjitorul a ajuns în sat şi peste un ceas îi spuse împăratului că a îndeplinit misiunea. La care împăratul îi spuse: „Da! Grozavă treabă ai făcut! Dar te întreb acum! După ce i-ai ucis pe toţi, poţi să-i readuci la viaţă?”. „Nu! Asta nu pot!” a spus vrăjitorul. Şi l-a chemat împăratul şi pe acel sfânt, zicându-i: „Uite, în acel sat zac nişte oameni omorâţi de curând. Poţi să-i înviezi?”. „Eu ca un om pot puţine, dar Dumnezeu dacă Se va milostivi poate multe şi va face şi aceasta”. Şi mergând sfântul în acel sat a făcut bucurie peste tot, căci toţi au înviat spre slava lui Dumnezeu şi şi-au văzut mai departe de treburile lor. Şi zicând aceasta domniţa se aşeză la locul ei.

Tâlharii au început atunci a se certa între ei spunând că snoava domniţei nu are niciun înţeles şi se tot sfădeau pe cine să declare câştigător în concursul de putere. Hulitorul, cel care de câteva zile nu mai înjura aşa cum îi era obiceiul, spuse:

- Domniţa a pus copacul la loc, l-a înviat aşa cum a făcut şi sfântul cu oamenii din povestea ei, a salvat puii de pasăre refăcându-le cuibul şi mie îmi este foarte clar cine este mai puternic.

Tâlharii dădură să se certe din nou, dar Binefacerea spuse:

- Staţi o clipă! Eu am făcut acestea nu ca să bag zâzanie între voi şi nici să câştig vreo întrecere. Am făcut acestea pentru a vă arăta că nu eşti puternic destul dacă nu lucrezi cu puterea ta şi lucruri plăcute, binefaceri.

Puternic cu adevărat nu este doar cel care dărâmă, ci mai ales cel care construieşte.

A patra poveste

Porcul mistreţ pus la frigare, era aproape pe făcute, dar nu gustase nimeni din el să vadă dacă mai trebuie perpelit sau nu. Cel mai aproape de proţap era Lăcomilă, care de-abia aştepta să taie o halcă zdravănă de carne şi să o înfulece. Ceilalţi nouă tâlhari nu-şi mai băteau capul cu el, ştiindu-l cât este de lacom. Astfel că nu se mirară când acesta înfipse cuţitul, tăie o bucată zdravănă de carne şi o înfulecă aşa frigând, fără să mai ţină cont că i se arde limba. Ca de obicei tâlharii râseră de el:

- Eeei! Cum e Lăcomilă mistreţul, e făcut? Dar întrebau aşa mai mult ca să-l întărâte.

La care Lăcomilă vorbind cu gura plină, zise:

- Aşa ca garnitură la porcul acesta, nu ar merge nişte ciuperci fripte? Cine vrea să se ducă să aducă ciuperci? Hai că nu-s departe! Doar ştiţi poiana!...

Dar nu-i răspunse nimeni şi tot el molfăind zise:

- Hai că m-oi duce eu! Dar să-mi opriţi şi mie carne, că mi-e o foame...

- Da când nu îţi este foame! râseră de el tâlharii.

- Gata! Plec după ciuperci! Cine vrea să vină cu mine? întrebă Lăcomilă.

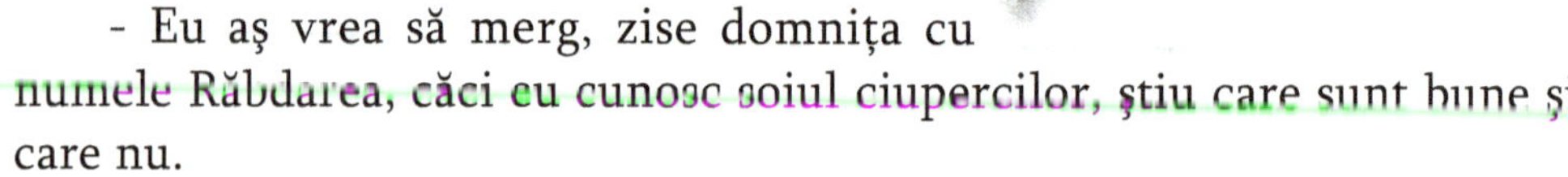

- Eu aş vrea să merg, zise domniţa cu numele Răbdarea, căci eu cunosc soiul ciupercilor, ştiu care sunt bune şi care nu.

- Cum adică ciuperci bune sau rele? Noi am mâncat toate ciupercile care ne-au picat în mână şi n-am păţit nimic! spuseră tâlhari.

- Vă voi spune de ce nu toate sunt bune, dar după ce ne vom întoarce cu coşul plin, spuse domniţa.

Lăcomilă se însoţi cu Răbdarea până într-o poiană alăturată, acolo găsiră sumedenie de ciuperci, iar domniţa începu să le cerceteze cu atenţie să vadă dacă nu cumva sunt otrăvite. Lăcomilă dădu să muşte dintr-o ciupercă mai cărnoasă, aşa crudă cum era, dar Răbdarea îi zise:

- Nu! Un pic de răbdare! Iată, îţi voi spune despre ciuperci şi apoi poţi să mănânci câte vrei!

- Spune-mi, că nu mai pot! Mi-e foame!

- Mii de ani de-a rândul, ciupercile au fost toate bune de mâncat, dar asta până acum ceva timp când un rege le-a blestemat. Într-un regat de odinioară, trăia o prinţesă care era cam lacomă şi cam grasă, dar pe care cu toţii o răsfăţau şi-i făceau toate poftele. Ea voia întotdeauna să mănânce prima dintr-un fel de mâncare, oricare ar fi el, chiar dacă la palat erau servitori care degustau mâncărurile. Era o tradiţie veche ca slujitorii să guste primii din mâncare ca să se afle de nu cumva este otrăvită de vreun duşman al regelui. Regele însă ştiind că se poartă frumos cu toată lumea şi că nu are duşmani, o lăsa pe fata lui să guste după pofta inimii, prima mâncărurile. Într-o zi pe un platou uriaş fură servite ciuperci fripte. Prinţesa cea lacomă nemaiaşteptând, neavând pic de răbdare, apucă să mănânce trei-patru deodată, dar după puţină vreme i se făcu rău şi muri. Regele suferi mult, fiindcă prinţesa era unica sa fiică şi de atâta durere blestemă ciupercile, ca toate să fie otrăvite, astfel ca nimeni să nu mai mănânce şi să păţească ce a păţit fiica lui.

Dumnezeu însă nu a îngăduit ca toate ciupercile să fie rele sau otrăvite, de aceea acum sunt amestecate. Iar pe cele rele le cunoşti fiindcă au pe picior, cât şi pe pălărie punctuleţe negre. Se spune că acestea sunt lacrimile prinţesei, care şi acum plânge pentru că nu a apucat să-şi trăiască tinereţea din cauza unor biete ciuperci.

- Şi acum fiindcă ai fost atent la povestea mea, te-aş întreba Lăcomilă... Cum crezi că ar fi putut scăpa prinţesa cu viaţă şi ar fi putut trăi poate până în ziua de azi?

- Păi, gândesc că, zise Lăcomilă scărpinându-se în vârful capului, dacă ar fi avut răbdare să mănânce întâi unul dintre servitori, nu ar mai fi murit ea. Lăcomia a răpus-o!

Nimic nu mai zise domniţa noastră, doar îi arătă lui Lăcomilă care sunt ciupercile bune şi care rele. Iar Lăcomilă gândi că de acum poate ar fi bine să pună la lăcomia lui şi un pic de răbdare, să nu mai mănânce el primul din bucate, fie şi pentru faptul că nu voia să păţească ce a păţit prinţesa din povestea domniţei.

A cincea poveste

Întraltă zi, Mândrilă dădu ordin ca toţi tâlharii dimpreună cu domniţele să caute vreascuri şi lemne. Fusese o noapte mai geroasă, fiindcă se apropia toamna şi ca de obicei tâlharii adunau lemne şi vreascuri pe care le ţineau într-un şopron părăsit. Plecară toţi care încotro şi se nimeri ca pe aceeaşi potecă, pentru ceva vreme, Neîmblânzitul să meargă alături de domniţa numită Blândeţea. Neîmblânzitul era din fire mai morocănos şi nu înţelegea de ce fata era veselă, radia de fericire, se juca cu frunzele copacilor ori se apleca după vreo floare mică să o miroasă.

Nimic nu ziseră cei doi până ieşiră într-un luminiş. Aici, ce să vezi! Era o ditamai poiana, dar se vedea că nimeni nu călcase pe acolo cu anii, fiindcă iarba era înaltă de un cot şi din loc în loc erau gladiole, atât de frumos mirositoare încât te îmbătau cu parfumul lor. Neîmblânzitul nu ţinu cont şi trecând mai departe călcă în picioare şi iarbă şi flori, fără să le bage în seamă. Fata trecu şi ea de poiană, dar sări ca un spiriduş, ocolind luminişul, fiindcă nu voia să calce pe iarba deasă şi frumoasă. Apoi cei doi intrară pe o potecă mai strâmtă şi Neîmblânzitul observă că domniţa era de acum extrem de tăcută, încetase cu voioşia şi cu mirositul florilor.

- Apăi ce-o fi în capul vostru al domniţelor, zise cu duritate tâlharul. Până acum erai lapte şi miere şi dintr-o dată te-ai cătrănit aşa...

- Ce să zic voinice! Nu mai am motive să râd. Atât aş vrea să întreb: dumneata ştiai că plantele – iarba şi florile – sunt vii?

- Ee, sunt vii!?... E iarbă şi atât.

- Nu, nu, spuse Blândeţea. Să te uiţi la plante cum cresc şi cum se mişcă şi cum caută apă sau soare. Orice plantă e vie şi mărturiseşte despre Dumnezeu prin frumuseţea şi blândeţea ei.

- Ei haite acuş, cum să fie o plantă blândă? întrebă tâlharul.

- Păi ia să ne gândim. Iarba cine o mănâncă?

- Păi o mănâncă animalele mai mici, zise Neîmblânzitul.

- Taman aşa e! Pământul rodeşte iarbă; un animăluţ mănâncă iarba; un animal mai mare mănâncă animalul mai mic; animalul mai mare moare şi el şi se face pământ. Iar din pământ răsare din nou iarba.

Neîmblânzitul rămase un pic încurcat de explicaţia aceasta, căci nu se gândise la folosul ierbii din pădure, dar tot avea o nelămurire.

- Păi ai zis mai devreme că iarba e blândă. Cum aşa?

- Păi chiar aşa e, fiindcă e blândă şi plăpândă şi nu face rău nimănui. Animalele mici sunt şi ele blânde, cum ar fi de exemplu iepuraşul. Iar apoi de la animalele mici până la cele mari blândeţea dispare.

- Uite că nu m-am gândit aşa! Voi domniţele pe toate le vedeţi ca fiind făcute de Dumnezeu.

- Păi chiar aşa şi sunt. Şi mai află că şi tu eşti făcut de Dumnezeu, astfel El ştie fiecare fir de păr de pe capul tău.

- Bine-bine, zise Neîmblânzitul, mă voi strădui de acum să nu mai calc iarba în picioare.

A şasea poveste

Şi trecură alte câteva zile, timp în care jumătate dintre tâlhari rămăseseră să păzească domniţele, iar cealaltă jumătate bătea drumurile şi ţinuturile în lung şi-n lat pentru a merge la curţile regilor ca să ceară bani pentru răscumpărarea prinţeselor.

Profitând de faptul că erau mai puţini, banditul numit Trădătorul se gândi că a zecea parte din banii pentru răscumpărarea prinţeselor e o sumă prea mică pentru el.

Aşa că se făcu că se rătăceşte prin pădure şi merse până în regatul de unde fusese furată domniţa numită Cinstea, căci acela era regatul cel mai apropiat. Aici se deghiză în negustor şi pătrunse la curte, apoi găsi un prilej să vorbească cu şeful gărzii. Spuse că pentru o sumă mare de bani, el ar putea să afle unde este prinţesa, căci auzise că s-ar afla într-un loc alături de alte nouă domniţe răpite. Mai marele gărzii îl duse pe tâlhar în faţa regelui, iar acesta îi promise de două ori mai mulţi bani decât ceruse dacă îi va aduce fata şi pe celelalte domniţe furate.

Tâlharul se întoarse apoi în pădure, prinse un moment în care să fie singur cu domniţele şi le spuse:

- Sosit-a momentul să scăpaţi din mâinile noastre! Iată am fost la curtea unuia dintre taţii voştri. Am vorbit cu regele şi acesta mi-a promis bani dacă vă duc pe toate zece. Fiindcă cinci dintre noi sunt plecaţi, pe ceilalţi patru o să-i adorm turnându-le ceva în băutură…şi vom putea pleca la noapte.

- Ne poţi spune cu care dintre taţii noştri ai vorbit? întrebă Cinstea.

- Da! Chiar cu tatăl tău!

- Am să le întreb şi pe surorile mele dacă sunt de acord cu ce spun eu acum, dar eu zic, că nu vrem să mergem cu tine, din cel puţin cinci motive.

- Care ar fi acelea?

- Unul ar fi acesta: Dacă tu faci asta, trebuie să renunţi la cei nouă tovarăşi ai tăi şi să pleci departe, căci aflând că ai trădat te vor căuta şi-n gaură de şarpe şi te vor omorî. Apoi mă gândesc că şi ajungând la curte cu toate, adică dumneata şi noi zece, tot nu vei avea parte de bani. Tatăl meu este un om bun, dar mai marele gărzii este un om nemilos şi sângeros şi va da ordin să fii urmărit până vei fi ucis. Apoi al treilea motiv: La curtea tatălui meu nimeni nu ştie unde locuiesc celelalte prinţese pentru a le duce la palatele lor, în timp ce voi tâlharii ştiţi aceste locuri şi mai repede vom ajunge la părinţii noştri dacă ne duceţi câte una. Al patrulea, ar fi că oriunde în orice împrejurare, cinstea e mai mare decât trădarea, şi chiar dacă vei lua bani şi te vei piti cu ei undeva, de propria conştiinţă nu te poţi ascunde şi te va mustra pentru că ai trădat. Iar al cincilea motiv este legat de faptul că noi ne-am rugat la Dumnezeu şi credem că vom fi duse la părinţii noştri fără ca să vă certaţi între voi sau să vă puneţi în pericol viaţa, căci nu ne dorim să fiţi ucişi.

- Oare celelalte domniţe sunt de acord cu asta? întrebă Trădătorul privind roată la cele zece domniţe.

- Eu cred că da! Iar celelalte încuviinţară din cap.

Trădătorul găsi că nu mai este nimic de spus dându-şi seama că într-adevăr cinstea este mai mare decât trădarea.

A şaptea poveste

Într-o altă zi, tâlharul numit Urâciosul uitând de o groapă, o adevărată capcană pentru animale pe care el cu mâna lui o săpase, căzu în ea rănindu-se foarte tare la un picior. Ceilalţi tâlhari fiind prin preajmă se puseră pe un râs sănătos şi nici unul nu făcu nici cel mai mic gest că ar vrea să-i dea o mână de ajutor, chiar dacă acesta sângera.

Domniţele erau şi ele pe acolo aflându-se în căutare de hrană şi dintre ele, Bunătatea era cea mai miloasă. Îl văzu pe Urâciosul că suferă şi se apropie de el. Fără să spună ceva sau să aştepte, ea puse mâna pe nişte pânză curată, făcu nişte feşi, apoi îi spălă rana tâlharului. Domniţa se duse repede în pădure, reveni cu un mănunchi de plante numai de ea ştiute şi le legă cu o faşă peste rana tâlharului.

Văzând toate astea şi uitând de durere Urâciosul fu cuprins de o emoţie pe care nu o mai simţise până atunci. Nimeni nu-l îngrijise în viaţa lui cu atâta dăruire de sine şi nu cunoscuse ce înseamnă iubirea aproapelui, fiindcă el nu şi-a cunoscut nici măcar părinţii, fiind orfan.

Piciorul nu-l mai durea, inima şi-o simţea mai caldă, astfel că Urâciosul înţelese că dincolo de furturi, avere şi bani există ceva mai înalt, care nu poate fi cumpărat – dragostea care provine din bunătate.

Tâlharii mult se mirau că domnițele nu lucrau Duminica; ele promiteau că vor lucra a doua zi dublu, numai să fie lăsate în pace în ziua de odihnă.

Fecioarele nu lucrau Duminica pentru că erau obișnuite de când trăiau la curțile lor să meargă la biserică, să se roage și să facă din această zi o sărbătoare. Așa învățaseră de la părinții și bunicii lor care erau cu toții creștini. Neavând însă biserică, domnițele se adunau într-o poiană și acolo se rugau vreme de două ceasuri, dimineața. Prințesele își făcură lângă o piatră alături de un izvor, o cruce și îngenunchind în fața ei, petreceau în rugăciune și cântări sfinte.

Unul dintre tâlhari, numit Necucernicul, nu era de acord ca domnițele să nu lucreze Duminica și nu înțelegea cărui Dumnezeu se roagă ele. Își spunea că el nu are nevoie de Dumnezeu, că omul își este sieși stăpân și nu are nevoie de Stăpân în Cer.

Într-o zi de Duminică, Necucernicul se apropie de locul unde se rugau fecioarele și după ce acestea încheiară rugăciunea, se adresă uneia dintre ele:

- Ce faceți voi aici în fiecare Duminică? De ce vă chinuiți?

- Nu ne chinuim, spuse Credința, ne rugăm. Ne rugăm pentru iertarea păcatelor noastre, pentru iertarea părinților noștri, pentru sănătate și chiar și pentru voi cei care ne țineți prizoniere, ne rugăm.

- Cui vă rugați?

- Noi ne rugăm Domnului nostru Iisus Hristos, Care este Mântuitorul lumii și Care S-a jertfit pe Cruce.

- Și de ce vă rugați Duminica și nu vă rugați vinerea sau sâmbăta?

Fiindcă noi, când trăiam la curțile noastre, mergeam Duminica la biserică, adică în Casa Domnului, sărbătorind astfel Ziua Învierii, care în zi de Duminică S-a făcut.

- Știi ce?! Eu pricep mai greu! Orice ați spune, tot nu sunt de acord să nu lucrați Duminica.

- Noi putem să ascultăm de voi, fiindcă sunteți acum stăpânii noștri, spuse Credința, dar nu putem să nu ascultăm și de glasul Sfintei Scripturi, care spune că Dumnezeu a făcut lumea în șase zile și în a șaptea zi S-a odihnit.

Tâlharul dădu din mâini ca semn că nu prea înțelege:

- Iisus, Cruce, Sfântă Scriptură, Dumnezeu, rugăciuni, zi de odihnă; uite de-aia nu mă complic eu! Credința e prea grea! Eu n-am să cred niciodată, tocmai din cauza acestei greutăți.

- Noi nu vedem niciodată greutate în asta, spuse Credința.

- Păi cum nu vedeți, că aveți genunchii tociți de atâta rugăciune... e greu!

- Dar spune-mi, zise Credința, rândunica are aripi?

- Are!

- Și cele două aripi ale sale sunt ca două greutăți?

- Sunt!

- Ei bine cu aceste două greutăți rândunica spintecă și străbate văzduhul. Cum altfel să ne înălțăm la Domnul, dacă în viață căutăm doar cele ușoare?

A noua poveste

Într-o altă zi, pe când se odihneau într-o poiană cei zece tâlhari și cele zece domnițe se puseră din nou „la snoave" așa cum le plăcea tâlharilor să spună, ei de fapt povestind câte o întâmplare sau prezentând o istorioară.

Când veni rândul lui Clevetilă acesta spuse:

- Nimeni nu spune snoave mai bine decât mine! Căci eu cunosc cusurul tuturor oamenilor, altfel nu mi s-ar spune Clevetilă.

Și se apucă să povestească:

- Cică într-un târg îndepărtat, trăia un negustor cu femeia lui și aceasta, nevasta lui, avea obiceiul să bârfească și să clevetească. I se dusese faima femeii prin târg că nu ar putea să tacă nici măcar o clipă și că de ar fi putut, ar fi vorbit și toată noaptea, chiar și în somn. Cică într-o zi, vine soțul acasă după un drum lung pe care îl făcuse, iar nevasta abia îl aștepta, că nu avea cu cine să vorbească. Iar soția lui hă, hă...prinse a povesti una și alta, despre vecini, despre nevecini, despre nevestele altora, despre preot și preoteasă, gura nu îi mai tăcea...

Negustorul nu-şi mai asculta nevasta, căci se obişnuise când aceasta turuia vrute şi nevrute, el să se roage în sinea lui...Era evlavios omul, ce mai, numai că deodată ciuli urechile la ce povestea nevastă-sa: „Auzi dragă, că asta e cea mai tare pe care ţi-o spun! Cică ar trăi pe la noi prin târg un negustor - hă, hă - care este cică cel mai prost comerciant care a existat vreodată. Toţi negustorii caută pieţele şi târgurile de pe aproape, dar el merge hăt-departe, cică să scape - hă, hă - de nevastă, care cică e o guralivă fără pereche...Şi se duce acesta, negustorul, în ţările cele mai îndepărtate şi pe marfa lui de-abia ia un bănuţ sau doi...Şi ce să vezi! Auzi dragă...cică şi banii ăştia puţini pe care îi ia pe marfă, în loc să-i pună la chimir, îi da la biserică, că cică e om credincios şi speră ca Dumnezeu s-o vindece pe nevastă-sa de limbuţie. Dar el nu se întoarce defel niciodată cu mâna goală, acasă la nevastă, că cică pe drum încoace, îmbracă haine de cerşetor şi până ajunge aici, în târg, strânge bani care pe urmă îi dă nevestei spunând că sunt rodul negoţului lui. Eu aşa ceva - hă, hă - n-am mai auzit!

Toţi tâlharii izbucniră în râs, căci nu mai auziseră o snoavă ca asta. Au înţeles toţi că negustorul din povestea femeii limbute era chiar soţul femeii clevetitoare, şi de gura ei omul fugea în cele mai îndepărtate ţări şi chiar făcea pe cerşetorul tot de frica gurii ei.

Apoi fu rândul domniţei numită Bucuria să spună o snoavă.

- Eu nu am să vă spun o snoavă, ci o poveste despre puterea cuvântului. Este adevărat, râdem, glumim şi ni se pare că putem vorbi de toate, dar multe vorbe întunecă bucuria inimii.

Trăia odată un prinţ vesel care plesnea de sănătos şi odată ieşi la vânătoare alături de slujitorii săi. El întinse arcul, slobozi o săgeată şi ucise o căprioară. După aceea suflă în goarnă, mândru nevoie mare ca să vină slujitorii să ridice căprioara moartă. Numai că slujitorii erau puțin în urmă, iar prințul apropiindu-se de locul unde zăcea animalul, văzu cum iese de după un trunchi de copac, o bătrână cu aspect de vrăjitoare care îi spuse doar atât: „Nu te bucura că ai ucis această căprioară, căci în curând și tu vei muri!" Și vrăjitoarea se făcu nevăzută, iar prințul nostru după întâlnirea aceasta prinse a se mâhni gândind că va muri de tânăr. Apoi îl apucară grijile și gândurile, până căzu la pat. Și îl cercetară mulți doctori, dar nici unul nu fu în stare să-i găsească boala pe care o avea. Și zăcea prințul nostru ca de cea mai grea boală, temându-se mult de sfârșitul vieții sale, până într-o zi când la curte a venit un călugăr. Auzind acest monah de suferința prințului, a cerut să-l vadă și doar cu o singură rugăciune i-a ridicat prințului acea apăsare care venea din gândurile negre. „Cum oare ai umbrit tu bucuria inimii tale cu o biată vorbă?" îi zise călugărul prințului. „Poate vrăjitoarea aceea, care zici că te-a fermecat, nici nu există, o fi fost o închipuire. Oare merită să te stingi pentru o nălucă, pentru o vorbă aruncată în vânt, pentru un gând mai negru? Când mai auzi rele, încrede-te în Dumnezeu și nimic nu vei păți, fiindcă cei ce se încred în Domnul pot să calce peste șerpi și peste scorpii fără a pătimi".

Auzind acestea prințul s-a ridicat din patul său și încet-încet redeveni bărbatul puternic de altădată.

- Și care este înțelesul acestei povești?

Iar domnița răspunse:

- Vorba multă și rea întunecă bucuria din inima omului, numai că Dumnezeu cu lumina Sa aduce celui întristat care se roagă bucuria îndărăt.

A zecea poveste

ei zece tâlhari se purtau frumos cu domnițele, numai unul dintre ei, Obraznicul mai făcea uneori glume nerușinate, vorbea tare, folosea cuvinte urâte sau le îngâna pe prințese când nu-i convenea ceva la ele.

Într-una din zile Obraznicul ce-și puse în cap!? Știa că domnițele sunt la râu pentru a se spăla și îndrăzni să gândească că parcă ar vrea și el să meargă pe malul râului, printre sălcii și în obrăznicia lui să le privească.

Luă drumul spre râu și avu o surpriză. Nu toate cele zece domnițe se scăldau la râu, ci două dintre ele păzeau malurile stâng și drept pentru ca nimeni să nu le iscodească pe fete. Oricum prinţesele puteau fi cu greu văzute, fiindcă se scăldau sub o salcie mare, pletoasă care atingea cu ramurile sale luciul apei.

Pacea, una dintre domniţele care păzeau malurile îl văzu pe Obraznicul cum se apropie şi îi ieşi în întâmpinare.

- Ei, dumneata ştii că nu poţi trece mai departe de aici.

- Ei da, poate ne înţelegem cumva! Ţi-oi face şi eu un serviciu odată, zise tâlharul cu viclenie în glas.

- Să zicem că-ţi dau voie, dar ce ai să câştigi dacă îţi răneşti ochii cu frumuseţe străină?

- Ce înseamnă frumuseţe străină?

- Înseamnă că nu ai drept asupra domniţelor să le priveşti, fiindcă îţi sunt străine. Şi-ţi vei răni ochii!

- Eh da' ce o să păţesc?

- În primul rând îţi vei pierde pacea! Te vei sminti, iar inima ta va deveni neliniştită. O dată, fiindcă ai făcut un lucru care nu e plăcut lui Dumnezeu şi te va mustra conştiinţa, şi a doua, fiindcă îţi vei hrăni patimile neruşinate care vor alunga din tine tot cugetul curat.

- Dar eu nu vreau să am inimă liniştită şi nici cuget curat, spuse Obraznicul.

- Nu e nevoie să vrei asta, Dumnezeu le-a sădit în tine încă de la naştere. Omul caută binele şi pacea nu fiindcă aşa îi spune preotul, ci pentru că în acestea se odihneşte Dumnezeu, iar Dumnezeu îl odihneşte şi pe om astfel.

- Eu nu mă pot vindeca de obrăznicie, zise tâlharul cu glas mai domol.

- N-ai dreptate, zise domniţa, fiindcă Dumnezeu vindecă patima şi răutatea şi celui mai mare păcătos. Lasă-te în mâna Lui şi vei fi fiu al Lui permanent.

- Şi ce trebuie să fac, ca să nu mai am patimi, să merg în genunchi, să fac plecăciuni?

- Dumnezeu nu cere totul dintr-o dată de la noi. Mai întâi îndreaptă-ţi cugetul spre El, roagă-te, şi multe vor veni de la sine.

- Să ştii că în unele lucruri s-ar putea să ai dreptate, zise Obraznicul.

- Cum aşa? spuse Pacea.

- Uite! Când eram copil, având două surori mă ferefrom cu toată fiinţa să mă ruşinez văzându-le schimbându-se sau îmbăindu-se.

- Ţi-era frică că o să-ţi pierzi pacea, aşa-i?

- Aşa este şi trebuie să recunosc că ori de câte ori fac o obrăznicie simt în mine şi neliniştea.

Şi nemaizicând nimic, Obraznicul făcu cale întoarsă.

Epilog

După ceva timp, Mândrilă dori să stea de vorbă cu domniţa numită Iubirea. Era negru la faţă, supărat nevoie mare şi îi vorbi prinţesei un pic răstit. Îi spuse că tot planul lui de a strânge o mică avere din banii pe care regii ar fi trebuit să-i dea pentru răscumpărarea lor, a fetelor, s-a dus de râpă. Nu pentru că regii nu ar fi vrut să plătească, ci pentru simplul fapt că cei nouă tâlhari cu care se însoţise în atâtea fărădelegi, în atâta amar de vreme şi-au schimbat dintr-odată viaţa. Lăudărosul renunţă în a mai smulge copaci din rădăcină, Hulitorul vorbea de acum tot timpul cu grijă, Lăcomilă mânca de acum încet, mestecând mâncarea pe îndelete, Necucernicul dorea să devină creştin, Urâciosul începu să se îngrijească doar de fapte cuvioase, Clevetilă devenise mult mai tăcut, Neîmblânzitul începu să iubească natura şi florile, Trădătorul îţi schimbase obiceiul, iar Obraznicul spuse că vrea să se facă monah.

Mândrilă îi mai spuse Iubirii că domniţele au învins. Credinţa lor le-a făcut libere şi tot cu credinţa lor i-au vindecat şi pe tâlhari de obiceiurile lor păcătoase. El se urcă pe calul său spunând că va căuta alţi oameni cu care să se însoţească pentru a face tâlhării, iar Iubirea mulţumind lui Dumnezeu pentru toate, merse la surorile sale să le anunţe vestea cea bună, că sunt libere să meargă la curţile părinţilor lor.

Într-adevăr, toate acestea: Iubirea, Bucuria, Pacea, Cinstea, Răbdarea, Binefacerea, Bunătatea, Credinţa, Blândeţea şi Înfrânarea, dau acea calitate vieţii, care pe toate le schimbă în bine, pe toate le chiverniseşte, iar pe om îl îndumnezeieşte.

11. Împăratul copacilor

Aflat-au copacii dintr-o margine de pădure că sunt înalţi, semeţi şi trainici astfel că au ţinut sfat să-şi pună un împărat. Zis şi făcut; au luat ei drumul spre a-şi găsi pe cineva să-i conducă. Îşi spuneau că dacă vor pune un împărat, vor fi stăpâni peste pădure încât toate fiarele pădurii, dar şi oamenii se vor înfricoşa de ei văzându-i aşa semeţi.

Primul le ieşi în cale un smochin. Era vremea fructelor, astfel că smochinul era îmbrăcat în haine de gală, arătând ca un rege în hlamidă bătută cu pietre scumpe.

- Smochinule, noi am purces să ne alegem împărat! ziseră copacii.

- Dar la ce vă trebuie, la ce vă foloseşte?

- Noi voim ca cineva să ne conducă şi astfel să ne semeţim, să fim mai ceva decât fiarele pădurii şi chiar şi omul să-l înfricoşăm!...

- Nu voiesc a veni cu voi, cum să-mi las eu rodul meu bogat şi lucrul meu ca să domnesc peste voi!?...

- Adevărat ai grăit, spuseră copacii, şi merseră mai departe pe drum până întâlnniră un măslin.

Se opriră şi spuseră:

- Măslinule, vrem să ne fii împărat, căci noi vrem să fim stăpânii acestei păduri!..

- Mă măguleşte alegerea voastră, zise măslinul, dar de mă voi face regele vostru voi fi asemeni vouă, nici gustoase roade nu voi da şi nici ulei spre trebuinţa şi vindecarea oamenilor nu voi mai avea. Aşa că nu vă pot ajuta!..

Şi merseră copacii şi întrebară un migdal de voieşte să fie împărat, iar acesta răspunse: ,,Nu voiesc!"

Şi merseră copacii şi întrebară un castan, iar acesta răspunse: ,,Nu voiesc!"

Şi merseră copacii şi întrebară un alun, iar acesta răspunse: ,,Nu voiesc!"

Şi-ntrebară în stânga şi-n dreapta amar de vreme de
voieşte ca cineva să fie rege, încât la un moment dat
cuprinşi de oboseală şi deznădejde se opriră din a mai căuta
şi începură să se usuce de întristare.

Dar fiindcă se dăduse zvon de la marginea pădurii şi până
în adâncul ei că se caută un împărat peste copaci, mărăcinele ce
îşi spuse:

- Da' ce, io nu-s bun de împărat? Mă voi duce la ei şi le voi cere
tronul!...

Copacii prinseră atunci din nou a forfoti, auzind din chiar gura
mărăcinelui că vrea să domnească. Şi-l purtară copacii cu alai mare, îi
puseră o coroană pe cap, pat de flori dedesubt, zorzoane, crezând cu
adevărat că, dacă au de acum împărat, şi ei sunt împăraţi. Şi se veseliră
trei zile, iar mărăcinele nu îşi mai încăpea în fire de mândrie, căci se făcuse
de acum rege, cum nu s-a mai văzut în neamul lui!...

Numai că un bătrân căutând odată să facă foc lângă o stâncă,
scăpărând amnarul, dădu foc unui mărăcine. Focul de la mărăcine s-a
întins la alt mărăcine; de la acesta s-a întins la alt mărăcine; de la acesta
la altul până a ajuns la mărăcinele împărat, care arzând şi el a întins focul
şi la copacii toţi cei din jurul lui care se credeau împăraţi.

Şi zise înţeleptul în sinea lui: „Că se va aprinde focul de la mărăcine
la copaci sau de la copaci la mărăcine, tot aia! Oare nu s-a văzut că
mărăcinele nu avea nimic plăcut în el, cum nimic plăcut nu aveau nici
supuşii săi?"

Cu voia lui Dumnezeu să pricepem din păţania copacilor că mândria
nu este altceva decât un „mărăcine cu zorzoane".

12. La furat

Era un om învăţat să fure, dar nu făcea asta fiindcă era sărac... Era
om gospodar, avea femeie bună, credincioasă şi copii; avea boi,
avea oi, cai, porci, vite, păsări, pământ, livezi, vii, dar a fost crescut rău la
părinţii lui, că el nu era sătul până nu mânca şi ceva de furat. Omul acesta
de multe ori avea discuţii cu soţia lui. Aceasta îi spunea :

- Măi, omule, ulciorul nu merge de multe ori la apă. Căci îi ruşine în
sat, dacă te-o prinde pe tine că furi; toţi or să te judece pe tine de ce ai
furat, că ai tot ce-ţi trebuie. De ce furi, mă ?

- Femeie, eu nu pot! Până n-oi mai lua eu de la cutare boier, de la cutare om, de la cutare proprietar!...

Odată era în luna lui iulie, luna era plină pe cer şi era senin ca ziua. El venise din ţarină şi a văzut lanurile pline de clăi de grâu, jumătăţi de grâu, cum se cheamă în alte părţi. Ce s-a gândit el văzând atâta grâu frumos: „Ce bine ar fi să aduc eu o căruţă de grâu din acesta la mine!".

A venit acasă, a pregătit căruţa şi caii, drugul de legat snopii; a pus nişte fân pentru cai şi iarbă verde în căruţă şi-n puterea nopţii, când doarme şi pasărea, - cum zice ţăranul - a luat o copiliţă numai de trei-patru ani cu el. Copilei îi plăcea să meargă cu tată-său cu căruţa totdeauna.

- Tătăică, mă iei cu căruţa?

- Te iau!

Da', mamă-sa a zis :

- Stai acasă !

- Nu! Şi a început a scânci copila.

- Hai că o iau! zise atunci gospodarul. Nu vezi cum plânge?

Copila voia mai mult să audă cum merg caii, s-o plimbe tată-său cu căruţa. Dar a fost o pronie dumnezeiască aceasta, purtare de grijă a lui Dumnezeu. A intrat apoi omul acela la furat snopi în ţarină. Un lan de grâu era lângă o pădure mare şi un drum de ţarină pe marginea pădurii. El a tras caii cu oiştea pe unde trebuia să iasă de pe lan, a luat din gura cailor zăbala şi le-a dat să mănânce. Copiliţa a rămas la căruţă. Era lună, senin şi se vedea bine la mare distanţă. Şi s-a dus pe lan omul ăsta, de meserie hoţ din copilărie, şi a început să se uite în toate părţile; şi la stânga; şi la dreapta; şi înainte şi înapoi. Se uita aşa... De ce se uita? Ca nu cumva sa fie vreun paznic pe acolo. Dar tot el îşi zicea: „Chiar dacă ar fi, acum doarme într-o claie, că acu-i puterea nopţii".

În acest timp copiliţa văzu de la căruţă cum taică-său se uită în toate părţile, şi încolo, şi încolo şi se minună ea în mintea ei - copii naivi -, oare de ce se uita taică-său aşa? După ce s-a încredinţat el că nu este nimeni şi nu-l vede nimeni, a luat câţiva snopi de grâu şi a venit cu ele la căruţă. Copiliţa, prin care a vorbit Duhul Sfânt, îi spune tatălui său:

- Tătăică, mata ai uitat ceva!

- Draga tatei, dar ce-am uitat?

- Mata ai uitat ceva! Te-ai uitat în toate părţile, dar ai uitat să te uiţi şi în sus!

- Cum ai zis?

- Mata în sus de ce nu te-ai uitat?

Dar copila n-a zis asta, ca să-l mustre pe tatăl ei. Ea a crezut că poate aşa-i bine, dacă se uita în toate părţile, să se uite şi în sus. Dar l-a costat pe om foarte mult treaba asta.

- Cum, cum ai zis?

- Tătăică, eu am crezut că trebuie să te uiţi şi în sus!

Şi atât l-a certat frica lui Dumnezeu pe om, că a dus snopii înapoi, s-a dus şi a refăcut claia; a venit, a întors caii, le-a pus zăbala, a pus copiliţa la locul ei în căruţă şi – Diiii! – cu căruţa goală s-a întors acasă.

Când vine acasă, femeia ştia că nu vine niciodată omul cu căruţa goală. Ori fură bostani, ori păpuşoi, ori grâu, ori altceva, el venea mereu încărcat. Îl vede, de data asta mai erau două-trei ceasuri pân' la ziuă, că vine cu „golul":

- Măi omule, dar ce-ai păţit? Ce-ai păţit?

- Femeie, câte zile voi avea nu mai fur !

- Ce-ai păţit? Bine ţi-a făcut! Te-a prins!

Ea credea că l-a prins.

- Te-a prins? Ţi-am spus eu ţie! Aşa gospodar, la furat! Mai mare ruşinea...

- Măi femeie, nu m-o prins nimeni.

- Nu cred. Te-o prins ! De ce-ai venit cu căruţa goală?

- Nu mai fur câte zile oi avea!

- Dar ce-ai păţit?

El arată copiliţa şi zice:

- Din cauza copilei.

- Dar ce ţi-a făcut copila?

- Din cauza ei nu mai fur în veacul veacului. Căci a vorbit Duhul Sfânt prin gura ei!...

- Dar ce-a zis copila?

- Eu m-am dus pe lan, cum îi obiceiul meu, şi-nainte de a începe a căra snopii, mă uitam: în stânga, în dreapta, încoace-încolo. Copilița mă vedea de la căruță și când am venit mi-a zis : „Tătăică, mata ai uitat ceva; ai uitat să te uiți și în sus". Atunci m-am gândit, cât sunt eu de nebun; Dumnezeu îmi vorbește prin gura copilei, că trebuia să mă uit mai întâi în sus; că dacă mă uitam în sus, nu mai era nevoie să mă uit la dreapta, la stânga sau înainte. Că de ochiul cel de sus nimeni nu se poate păzi.

Să înțelegem astfel că ochii lui Dumnezeu - cum spune Solomon -, sunt de milioane de ori mai luminoși decât soarele și nu este loc unde nu cercetează atotștiința lui Dumnezeu. Cum zice și Apostolul: „Știința lui Dumnezeu străbate până la despărțirea duhului de a sufletului; nu numai până la despărțirea trupului de a sufletului".

13. Dragostea într-o cutie

Se spune că împăratul unui ținut a chemat toți savanții și filosofii pe care îi cunoștea, spunându-le că potrivit unui zapis, în curțile sale, undeva sub un pom se află o cutie în care se află dragostea lui Dumnezeu. Și i-a trimis pe înțelepți să sape până găsesc această cutie, promițându-le o recompensă mare...

Și după zile întregi de căutări, fiecare filosof s-a prezentat în fața regelui cu ce a găsit. Ba mulți dintre ei găsiră cutii care conțineau podoabe sau documente vechi. Ajunși în fața împăratului, filosofii au început să se ia la harță, fiecare susținând că are cutia în care se află dragostea lui Dumnezeu.

Văzând că nu e chip să-i împace, împăratul le-a ordonat să facă liniște și le-a spus așa: „Cum oare ați crezut că e mai bine să săpați după o cutie decât să căutați răspunsul în voi!?... Ia gândiți-vă, dacă

Dumnezeu este atât de mare, încât, necuprins fiind, are grijă de toţi luminătorii cereşti, oare dragostea lui nu e la fel de mare şi necuprinsă!?... Acest răspuns îl aşteptam de la voi filosofii! Dragostea lui Dumnezeu nu încape într-o cutie...".

14. „Sfântuleţul"

Într-un sat cu câteva sute de familii, doar unui singur om i se spunea „Sfântuleţul", asta pentru buna sa purtare, pentru înfăţişarea lui smerită, pentru bunătatea şi dărnicia lui. Într-o zi, pe când acest om se afla la rugăciune, auzi parcă o voce care îi şoptea că în satul vecin se află un om căruia nu i se spune „Sfântuleţul", dar vrednicia sa este cu mult mai mare ca a lui.

Auzind acestea se nelinişti şi îşi făcu bagajul pentru a călători până în satul vecin. Acolo stătu mai multe zile şi neaflând de unul singur acel om care ar putea avea fapte mai vrednice decât ale lui, se hotărî să meargă la preotul satului care cunoştea fiecare om în parte.

Află de la acesta că niciun om din partea locului nu are fapte aşa vrednice să fie considerat un sfânt încă din această viaţă. „Sfântuleţul" nostru insistă atunci pe lângă preot, rugându-l să se gândească la faptele bune ale sătenilor. Preotul stătu apoi pe gânduri şi îi spuse:

- M-ai întrebat despre faptele bune ale sătenilor de aici, ţi le-am spus... Dar ar mai fi ceva!... Undeva la marginea satului, unde începe pădurea, trăiesc şapte copii. Aceştia sunt fără părinţi şi sunt ţinuţi cu cele de trebuinţă de fratele cel mai mare dintre ei, care are şaisprezece ani. El trudeşte pe unde poate în ogrăzile sătenilor şi la sfârşitul zilei duce de mâncare celorlalţi fraţi.

Cu toate că face asta, fraţii săi nu-i mulţumesc pentru strădania sa, ba chiar îl ceartă că nu aduce bucate mai bune şi fac glume pe seama lui, şi-l numesc „Mutulică", fiindcă nu prea vorbeşte. Copilul acesta acum vreo şase ani, se poate spune că a salvat nişte mineri de la a pieri de foame.

Mina de cupru din celălalt capăt al satului s-a surpat într-o zi la intrare, astfel că a rămas o gaură prin care de abia intra un cățel. Până au fost chemați de la oraş să intervină cu utilaje, să întărească pereții minei şi să mărească gaura... au trecu aproape trei zile. Copilul nostru lucrând la o gospodărie din vecinătatea minei a auzit de minerii care stăteau înăuntru fără mâncare şi fără apă de trei zile şi i s-a făcut milă, cerând să intre la ei. Şeful minei nu i-a dat voie, dar el a luat apă şi mâncare de la câțiva săteni, a luat cu el o lampă şi noaptea, a intrat prin acea gaură ca să le dea minerilor acelea. Apoi s-a surpat de tot intrarea şi copilul a petrecut două nopți împreună cu minerii în măruntaiele pământului...

După două zile au venit cu utilaje şi târnăcoape cei de la oraş şi au făcut o spărtură nouă prin care au ieşit toți cei prinşi dedesubt. Iar copilul nostru a ieşit şi el, iar în loc să i se mulțumească pentru că a intrat să le dea de mâncare minerilor, aproape că a fost luat la bătaie de şeful minei, fiindcă a intrat acolo fără voia lui.

La vreo doi ani după asta, într-o zi toată lumea aştepta să vină gârla mare, căci fusese potop la deal. În sat trăia pe atunci un bețiv care toată ziua cât era de lungă şi-o petrecea la cârciumă, iar când ieşea, avea obiceiul să-i înjure pe toți cei care îi ieşeau în cale, ba chiar sărea şi la bătaie. De atâta băutură adormi pe malul gârlei, chiar în ziua când oamenii se aşteptau ca apa să crească şi să inunde gospodăriile. Şi a trecut un sătean pe acolo şi l-a văzut pe bețiv că doarme lângă apă, dar nu l-a ridicat. Şi a trecut şi un al doilea şi nici acela nu-l trezi. Apoi trecu şi copilul nostru, care ştiind că trebuie să vină apa mare s-a luptat, a luat bețivul târâş de acolo, aşa cu puterile lui, ducându-l la loc sigur, scăpându-l de apa cea mare care probabil l-ar fi înecat... Iar multă lume a început să bombăne spunând că mai bine ar fi fost să-l ia apa pe bețivul satului... că prea se purta urât... şi nimeni nu i-a mulțumit copilului nici până în ziua de azi...

- Cu adevărat, am găsit ceea ce căutam!

- Cum aşa, spuse preotul?

- Păi mie mi se spune la mine în sat „Sfântulețul", fiindcă am numai fapte bune. Dar mă gândesc că acest copil de şaisprezece ani are fapte mai mari decât mine, pentru că deşi a lucrat binele tot timpul, el a ştiut să primească şi răul sau prigonirea celor din jur. Jertfă şi sfințenie înseamnă când le primeşti şi pe cele bune şi pe cele rele, nu numai pe cele bune aşa cum le primesc eu. De acum încolo mă voi ruga de sătenii mei să nu mă mai numească „Sfântulețul", căci nu sunt demn de o asemenea numire.

15. Plapuma patriarhului

Într-una din zile a venit un boier bogat la Sfântul Ioan cel milostiv şi văzând aşternutul lui de învelit rupt şi sărac, mergând la casa sa, i-a trimis o plapumă al cărei preţ era de treizeci şi şase de galbeni şi l-a rugat pe Sfântul să se acopere cu acea plapumă.

Patriarhul, nevoind ca să-l necăjească pe acel boier a primit plapuma şi numai într-o noapte s-a acoperit cu ea. Apoi îşi zise: ,,Amar ţie, ticăloase Ioane, că te acoperi cu plapumă de mult preţ, iar săracii, fraţii lui Hristos, pier de atâta frig şi ger! Câţi sunt care înnoptează fără acoperământ în vânt şi în frig şi abia au câte o rogojină sau câte o mică zdreanţă? Câţi sunt care se culcă goi pe gunoaie şi tremură de frig, apoi fiind flămânzi, nu dorm toată noaptea şi mor de frig? Vai mie, câţi săraci sunt care doresc, ca şi Lazăr, să se sature din fărâmiturile ce cad de la masa mea! Vai mie, câţi străini şi nevoiaşi sunt în cetatea aceasta care nu au unde să-şi plece capul, ci afară stau toată noaptea şi pătimind, mulţumesc pentru toate Stăpânului Hristos! Iar tu, Ioane, voind să dobândeşti odihna cea veşnică, petreci în răsfăţare şi toate le ai după plăcere! Vieţuieşti în casă frumoasă, porţi haine moi, bei vin, mănânci peşte ales şi, pe lângă acestea toate, te-ai acoperit cu plapumă de mult preţ, din cel mai fin material. Ce mai nădăjduieşti în veacul ce va să fie? Cu adevărat îţi zic, ticăloase Ioane, nu vei dobândi împărăţia cea veşnică, ci vei auzi ca bogatul acela din pilda Mântuitorului, că ai primit binele în viaţa ta, iar cei săraci au primit cele rele. Binecuvântat să fie Dumnezeu, că în celelalte nopţi smeritul Ioan nu se va mai acoperi cu această plapumă, ci săracii şi nevoiaşii se vor îndestula cu preţul ei!"

Făcându-se ziuă, îndată a trimis plapuma la târg să o vândă, ca astfel, cu preţul ei să cumpere haine săracilor. Iar când era să vândă plapuma s-a întâmplat de a trecut pe acolo chiar boierul care-i dăruise acea plapumă fericitului Ioan. Şi văzând că se vinde, a cumpărat-o el şi iarăşi a trimis-o lui Ioan, rugându-l s-o ţină pentru trebuinţa sa. Sfântul, a luat-o iarăşi, şi a pus-o din nou la vânzare. Dar boierul văzând-o, din nou a cumpărat-o şi a trimis-o lui Ioan, rugându-l să se acopere cu ea. Ioan a trimis-o pentru a treia oară ca să fie vândută, dar boierul, şi de astă dată cumpărând-o, a trimis-o iarăşi lui Ioan.

După acestea, Sfântul Ioan a trimis un cuvânt boierului acela, zicând: „Vom vedea cine din noi se va supăra mai întâi, eu vânzând-o, sau tu cumpărând-o şi iarăşi dându-mi-o”. În felul acesta Sfântul Ioan a luat mult aur de la acel boier pentru folosul săracilor.

16. „Despre Dumnezeu“

Fericitul Augustin se gândea într-o vreme că ar fi bine să scrie o carte pentru creştini pe care să o intituleze „Despre Dumnezeu”. Şi pe când era preocupat de aceasta, obişnuia să se plimbe pe malul mării, pentru a i se limpezi gândurile. Mergând el aşa, la un moment dat, a ajuns la un loc în care găsi un copil care se juca. Copilul făcuse o groapă în nisip şi cu un vas căra apă din mare şi o turna în groapă. Şi iar se ducea şi umplea vasul, iar îl vărsa… şi tot aşa.

- Ce faci tu copile aici? a întrebat Fericitul.

- Ei iaca, vreau ca toată marea aceasta să o torn aici în groapă!

Nimic nu a mai întrebat Fericitul Augustin, doar îşi văzu de drumul lui, dându-şi seama că ce dorea el, adică să scrie o carte cu titlul „Despre Dumnezeu”, era totuna cu ce făcea copilul acela care căra apă, voind să mute marea într-o mică groapă.

17. Trei fraţi şi rugăciunea lor

Într-o familie care trăia într-un sat de munte, se păstrase de mai multe generaţii obiceiul rugăciunii făcute înainte de culcare. Aici vieţuiau şi doi oameni gospodari care aveau trei copii, trei băieţi apropiaţi ca vârstă. Dintre aceştia, fratele cel mai mare avea o râvnă deosebită în a face fapte plăcute lui Dumnezeu şi avea grijă ca şi cei mici să se păstreze în ale credinţei.

După o zi mai obositoare din luna lui Cuptor, în care întreaga familie a participat la strângerea fânului, cei cinci au venit acasă, s-au spălat şi s-au pus la masă. După masă, fiindcă era deja foarte târziu s-au dus cu toţii la culcare.

Fratele mai mare se duse ca de obicei la locul său de rugăciune, într-un colţ al camerei de oaspeţi, dar cu coada ochiului observă că fratele mai mic se duse direct la culcare, iar mijlociul s-a rugat aşa un pic, pe jumătate, undeva pe hol şi a intrat de asemeni în dormitor.

După ce şi-a terminat rugăciunea, fratele mai mare a intrat şi el în dormitor, găsindu-i pe ceilalţi dormind duşi. Se mâhni un pic şi zise în sinea lui:

„Doamne care eşti drept şi te arăţi şi oamenilor păcătoşi! Dă-ne în această noapte, nouă celor trei robi ai tăi, câte un vis. Ca să ştim dacă greşim sau nu greşim atunci când uităm să ne mai rugăm, că uite fraţii mei s-au culcat aşa ca păgânii fără să se închine!..."

Şi trecu noaptea şi dis-de-dimineaţă fratele mai mare, fiind primul în picioare, aşteptă să se trezească fraţii săi ca să îi întrebe ce vis au avut. Era mâhnit în sinea lui, fiindcă avusese nişte vise urâte şi nu înţelegea de ce. După ce se treziră fraţii mai mici, băiatul zise:

- Vreau să-mi spuneţi şi mie ce vise aţi avut astă-noapte? Eu l-am rugat pe Dumnezeu să vă dea nişte vise şi sunt curios ce aţi visat!

Fratele mai mic spuse că el a visat o grădină ca în Rai, plină de flori cu un parfum îmbătător pe care nu-l mai simţise vreodată. Şi deasupra grădinii trecea un pod zvelt, cu mii de încrengături şi braţe armonioase pe care sclipeau nestemate. Iar podul ducea spre un port la o mare liniştită cu ape de un albastru diafan, unde era ancorat un vas uriaş care părea că era construit cu totul din aur.

Mijlociul spuse că nu a visat nimic, apoi, nemaistând la discuţii, se îmbrăcară tustrei să meargă la lucrul lor, căci fânul trebuia aşezat în căpiţe.

Tulburat de cele întâmplate cu fratele mai mic, dar şi de visul său în care i se arătaseră dihănii negre ca nişte rinoceri uriaşi care voiau să-l împungă şi să-l mănânce, fratele mai mare se duse la preotul satului pentru a pune un pic de lumină asupra acestor tulburări.

Preotul satului era om bătrân care avea şapte copii şi douăzeci şi unu de nepoţi şi toată lumea îl iubea şi-l respecta; îl considerau cu toţii un om sfânt.

- Părinte, eu m-am smintit rău de cele ce s-au întâmplat în acea noapte! spuse tânărul, după ce povesti pe îndelete cum au venit de la muncă toţi şi cum s-a rugat fiecare.

Şi continuă băiatul:

- Eu l-am rugat pe Dumnezeu să ne dea vise spre înţelepţirea noastră şi iaca... Eu care m-am rugat am visat urât, mijlociul s-a rugat aşa pe jumătate şi n-a visat nimic, iar mezinul culcându-se neînchinat a visat Raiul...

- Fiule! îi spuse preotul. Ascultă aici! Mai întâi şi mai întâi omul trebuie să-şi vadă de vrednicia lui şi abia apoi să vadă de vrednicia altuia. Cum de ai văzut că fraţii tăi, unul s-a rugat pe jumătate, iar celălalt nu?

- Păi am întors capul după ei, din locul meu de închinare...

- Atunci să nu te miri că ai visat urât. Fiindcă Părinţii noştri spun aşa: „Dacă bagi plugul în pământ să ari, apoi du-te cu brazda până la capăt!" Şi de unde ştii că cel mic s-a culcat neînchinat? Poate o fi zis, aşa culcat fiind; „Doamne, ştii că sunt mic şi fără putere. Mă culc şi eu aşa... şi te rog nu mă certa!". Şi poate a oftat! Ei, oftatul ăsta al lui poate să fie mai mare decât rugăciunea pe care tu ai făcut-o jumătate de ceas...

- Uite că la asta nu m-am gândit, zise tânărul. Dar mijlociul de ce nu a visat nimic?

- Nu a visat nimic, fiindcă nimic nu a lucrat. Ca şi tine a lăsat plugul la jumătatea brazdei...

- Bine, dar el a dormit liniştit şi eu am avut un vis cu dihănii care voiau să mă mănânce...

- Ai visat urât, fiindcă tot timpul la rugăciune ţi-a stat mintea la fraţii tăi. Mintea în timpul rugăciunii trebuie să fie tot timpul la Iisus, la Maica

Domului şi la sfinţi. Dacă ai mintea împrăştiată, atunci ai un
semn clar că un gând de mândrie zace în tine. Şi pentru
această mândrie de a te crede deasupra fraţilor tăi
Dumnezeu ţi-a dat acel vis... Ai înţeles asta?

- Da! Am înţeles că Dumnezeu mi-a dat un vis urât ca să
mă înţelepţească. Dacă aş fi visat Raiul, aşa ca fratele mai mic, şi
mai mândru m-aş fi făcut. Dacă n-aş fi visat nimic, cu siguranţă că m-aş
fi mâhnit. Iar dacă am visat urât, cu mine, Dumnezeu dreptate a făcut!

oi hoţi fură aduşi la curtea regelui pentru a-şi primi pedeapsa
după ce au fost prinşi asupra faptului. Unul furase o vită din
şopronul unui om bogat, iar altul pătrunzând în casa unui om sărac, furase
o traistă mică cu mălai. Cel care furase vita fu pedepsit să primească 20 de
lovituri de bici, iar cel care furase mălaiul fu pedepsit să primească 100
de lovituri de bici. După ce-şi primiră fiecare loviturile, cel
care furase vita se îndreptă spre casa lui, dar cel care
furase mălaiul mai zăbovi, fiindcă el voia să intre la
rege să afle de ce i s-a făcut nedreptate. Căci după
mintea lui furând de o sută de ori mai puţin ca
valoare decât celălalt, primise o pedeapsă de cinci ori
mai mare.

Regele l-a primit cu îngăduinţă şi i-a spus.

- Da omule! Să ştii că aici la curte nu dau
pedepsele după cum îmi vine mie, ci după
dreptate.

- Păi ce dreptate este măria ta, că eu
am luat o biată mână de mălai...

- Am pus oamenii mei să cerceteze şi
iată ce am aflat! Cel care a furat vita a luat-
o de la un om bogat care nu ştie ce e lipsa. Din 100 de
vaci nici n-ar fi simţit că-i lipseşte una. Dar tu omule
ai furat traista cu mălai a unor oameni amărâţi, era singura lor mâncare şi
tu ai luat-o! Primul mult a luat, dar se consideră puţin, iar tu puţin ai luat,
dar se consideră mult.

- Dar totuşi măria ta, am primit de cinci ori mai multe bice..

- Tot pentru dreptate le-ai primit, omule!... Ia
să iei dumneata o mână de mălai şi să o arunci
aşa în vânt! Când fiecare fir din ăsta aruncat
în vânt, mărturiseşte la Dumnezeu că este de furat,
înseamnă că mult ai luat...

19. Robul ascuns al lui Dumnezeu

Un călugăr tânăr a umblat prin Alexandria câteva zile împreună cu o fecioară tânără şi foarte frumoasă. Unii, văzând aceasta, s-au smintit, crezând că pentru păcat umblă cu acea fată. Şi au spus aceasta Sfântului Ioan Patriarhul, adică lui Ioan cel Milostiv, care îndată a poruncit să-i prindă pe amândoi şi, dând ordin să fie bătuţi i-a închis în temniţă. Dar în noaptea următoare, călugărul acela s-a arătat patriarhului în vis, arătându-i spatele său foarte rănit din bătaia ce o primise şi a zis către dânsul: „Oare plăcută îţi este ţie fapta aceasta, stăpâne? Oare aşa ai învăţat de la Apostoli a paşte turma lui Hristos? Să mă crezi, căci ca un om te-ai înşelat!".

Patriarhul, deşteptându-se din somn, se gândea la ceea ce visase şi cercetându-şi greşeala sa, şedea pe pat necăjit şi mâhnit. Apoi, făcându-se ziuă, a poruncit să aducă pe monahul acela, vrând să vadă dacă este asemenea celui care i s-a arătat în vedenie. A venit atunci monahul cu mare greutate, căci aproape nu putea să se mişte de mulţimea rănilor. Iar când l-a văzut patriarhul a rămas încremenit, neputând a răspunde vreun cuvânt; ci după vreun ceas, venindu-şi în sine, a rugat pe monah să-şi dezbrace haina sa şi să-i arate spatele ca să vadă dacă este aşa rănit, precum il văzuse în vis.

Văzând patriarhul trupul lui zdrobit de răni,

şi aflând că este famen - şi că nu avea astfel cum să se apropie de femei - i-a părut foarte rău de aceasta... Şi, trimiţând la cei care îl părâseră pe monah, i-a pedepsit pe aceia, dându-le canon. Apoi de la monah îşi ceru iertare, zicând: ,,Iartă-mă, frate, de vreme ce din neştiinţă am făcut aceasta şi am greşit lui Dumnezeu şi ţie! Însă nu ţi se cădea nici ţie să umbli împreună cu fecioara prin cetate fără sfială, ca să nu se smintească mirenii, căci porţi chipul monahicesc".

Atunci monahul a început a grăi cu multă smerenie: ,,Să mă crezi, stăpâne, că nu mint, ci adevărul îţi spun. Mai înainte de această întâmplare, fiind eu în Gaza şi mergând să mă închin mormântului Sfinţilor Mucenici Chir şi Ioan, m-a întâmpinat această femeie într-o seară şi, căzând la picioarele mele, m-a rugat cu lacrimi ca să n-o opresc a merge împreună cu mine... Iar eu, lepădându-mă de ea, am fugit. Însă ea, mergând în urma mea, zicea: «Te jur pe tine cu Dumnezeul lui Avraam, Care a venit să mântuiască pe cei păcătoşi şi are să judece viii şi morţii, nu mă lăsa pe mine!». Auzind eu acestea, am zis către dânsa: «Pentru ce mă juri aşa, fecioară?» Iar ea a răspuns: «Eu sunt evreică şi doresc să las credinţa părintească cea greşită şi să fiu creştină. Deci te rog, părinte, nu mă lăsa pe mine, ci mântuieşte-mi sufletul, care voieşte să creadă în Hristos!». Acestea auzindu-le, m-am temut de judecata lui Dumnezeu şi, luând-o pe dânsa împreună cu mine, am învăţat-o sfânta credinţă. Apoi, venind la mormântul Sfinţilor Mucenici, am botezat-o pe ea în biserică; şi umblu cu dânsa întru nevinovăţia inimii, până când o voi duce într-o mănăstire de fecioare!".

Patriarhul, auzind acestea, a oftat şi a zis: ,,Câţi robi ascunşi are Dumnezeu şi pe care noi păcătoşii nu îi ştim!". Apoi a spus înaintea tuturor despre faptele bune ale acestui om smerit. Şi luând o sută de galbeni, i-a dat aceluia.

Iar el n-a vrut să ia nici unul, zicând: ,,Monahul care crede că Dumnezeu are purtare de grijă pentru dânsul, aceluia nu-i trebuie aur; iar cel ce iubeşte aurul, acela nu crede că este Dumnezeu". Acestea zicând, s-a închinat patriarhului şi s-a dus la treburile sale.

fost odată un om credincios pe nume Iulian. Şi murindu-i soţia, omul a sărăcit tare la bătrâneţe, singurul sprijin fiindu-i feciorul său, pe nume, Teofil.

Aproape de bătrânul Iulian trăia un boier care avea două curţi şi două moşii mari. Boierul avea iazuri cu peşti, avea livezi, vii, herghelii de cai, vaci, porci, cârduri de păsări, de toate. Şi boierul avea şi o mulţime de robi, dar pusese ochii pe Teofil, feciorul bătrânului, că era priceput, înţelept şi cuminte şi crescut cu frică de Dumnezeu.

Şi de multe ori boierul îi spunea moşului Iulian:

– Moşule, nu vrei să-mi vinzi rob băiatul matale, că ai să trăieşti şi dumneata ca boierii? Îţi fac casă şi-ţi dau bani...

Omul era sărac şi numai pe acest băiat îl avea şi se tot gândea ce să facă, astfel că-i spuse băiatului într-o seară:

– Dragul tatii, măi Teofil, vezi cât de săraci am rămas! Boierul ăsta mi-a spus de multe ori să te vând rob la el! Zice că dacă te vând pe tine rob, are să-mi dea tot ce-am nevoie! Pe lângă tine am să trăiesc şi eu foarte bine. Că vrea să te aibă rob de încredere în casă, în curte; nu aşa pe la vite. Vrea să te aibă ca pe băiatul lui!...

Băiatul a primit ascultarea de părinţi cu dragoste şi a zis:

– Tată, pentru dragostea matale, ce nu fac eu? Numai mata mai eşti în lume, că mama a murit. Vinde-mă rob! Să mă vinzi rob, că eu cu toată dragostea vreau să fiu rob, ca să văd că trăieşti bine la bătrâneţe, că Dumnezeu mi-o purta de grijă!

Atunci tatăl său, când a văzut ascultarea băiatului, i-a zis:

– Măi, dragul tatei, am să-ţi dau şi eu un sfat. Eu te vând rob, te dau, dar tu să păzeşti un lucru! Cât vei trăi tu, în timpul Sfintei Liturghii, Duminica, să nu călătoreşti, şi să mergi mereu la biserică! i-a zis bătrânul băiatului Teofil.

– Dar de ce, tată?

– Uite ce! Şi eu am învăţat de la alţi bătrâni, că în timpul Liturghiei nu se călătoreşte. Dacă mă asculţi, de mari primejdii ai să scapi tu şi mare cinste ai să câştigi în lumea asta, dar şi-n cealaltă.

– Bine, tată!

S-a dus moşneagul şi a grăit cu boierul:

– Uite, m-am sfătuit cu băiatul, că dacă n-ar fi vrut el nu aş fi putut să-l vând, şi vrea să se vândă rob, ca să mă ajute la bătrâneţe.

Boierul avea robi mulţi, dar nu avea copii deloc. Şi-i spune soţiei:

– Ştii ce? Băiatul acela cuminte, evlavios, ascultător, care vine pe la noi să mai lucreze, Teofil, l-am cumpărat rob!

– Da! Acela-i bun! Zise nevasta boierului bucuroasă. Acela-i toată nădejdea, că tatăl lui este credincios. Tot timpul merge la biserică!

S-a dus bietul Teofil rob la boier! Iar boierul l-a umplut de avere pe tatăl lui. I-a dat vite, i-a dat haine, i-a dat bani. Îl avea, mă rog, nu ca pe-un rob, ci ca pe băiatul lui... Că ştia că-i băiat gospodar şi numai pentru sărăcie l-a vândut tatăl său. Şi a stat rob Teofil la acest boier mai mulţi ani. Şi odată, boierul trebuia să plece de la curtea asta cu trăsura la cealaltă moşie, şi a uitat geanta cu actele acasă. Şi pe Teofil îl avea ca pe băiatul lui; îl lua în trăsură, că băiatul era deştept, ştia să scrie, ştia să socotească, şi îi spuse:

– Măi, Teofile, du-te repede acasă, că am uitat geanta cu actele. Am uitat actele, banii, tot!

– Da, cucoane, mă duc!

S-a dat jos din trăsură şi a fugit înapoi spre casă. Când s-a dus el să ia geanta boierului de acasă, cucoana lui, fiind desfrânată, trăia cu un rob de-al ei. Teofil, când a venit, a intrat, a luat geanta de pe masă şi a plecat. Dar el n-a observat ce făcea soţia stăpânului, ci credea că doarme singură.

Ce-a zis atunci femeia:

– Vezi că boierul m-a prins cu tine în păcat! De aceea a trimis pe Teofil înapoi, ca să fie sigur. Mi se pare că a observat el că noi trăim amândoi!

– Ce-i de făcut acum? a zis sluga vinovată.

– Ştii ce-i spun? a zis ea. Dacă nu-i taie capul lui Teofil, nu mai trăiesc cu dânsul! Am să-i spun soţului că, atunci când l-a trimis înapoi după geantă, a abuzat de mine; şi dacă nu mă luptam cu el, mă batjocorea.

Aşa a zis, aşa a şi făcut.

Dar să vezi ce înseamnă ascultarea

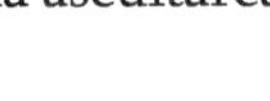

de părinți și ținerea cu sfințenie a obiceiului ca în ziua Sfintei Liturghii să nu călătorești!

Cucoana îi trimite soțului ei o scrisoare prin robul cel vinovat care trăia cu dânsa. În scrisoare scria așa: „Așa mă jur pe Dumnezeu. Uite, Teofil, robul tău, în care tu ai atâta încredere, când l-ai trimis înapoi după geantă, a tăbărât pe mine să mă batjocorească. Și dacă nu mă luptam cu el, mă batjocorea. Dacă nu-i tai capul și apoi să-l trimiți la mine, eu îmi iau averea și te las singur!"

Boierul, când a auzit, s-a minunat: „Cum, măi, Teofil!?. Cum să facă una ca asta?". N-a cunoscut ce viclenie a făcut cucoana lui, ca să-i taie capul lui Teofil. Și-i scrie un plic înapoi soției, prin alt rob: „Eu am doi călăi, care au tăiat mai mulți robi ce făceau spargeri. Mâine dimineață îi aduc la curte cu sabia trasă. Trimite-l pe Teofil! Fă-i de treabă că-l trimiți cu ceva, că eu am dat ordin călăilor, când vine dimineață - Jos capul!. Să mi-l aducă mie și eu ți-l trimit".

Uite așa s-a pus la cale tăierea capului lui Teofil cel nevinovat. Teofil nu știa nimic, săracul. Nici nu era vinovat, nici nu știa că este pus capul lui pentru tăiere. Și ce face cucoana? Dimineața îi dă un plic pecetluit, cu alte cuvinte și-i zice:

– Teofile, te duci până la curte la boier!

– Da, cucoană, mă duc!

El nu știa nimic. Era ascultător. Nu știa că acolo îl așteaptă sabia. Când l-a trimis era Duminică. Și, mergând cu plicul, de la curtea asta până la cealaltă, a auzit clopotul la o biserică, că începe Sfânta Liturghie. El ținea minte ce i-a zis bietul tată, bătrânul Iulian, care murise și-și zise: „Duminica să nu călătoresc în timpul Sfintei Liturghii, că tata a spus că de mare cinste o să mă învrednicesc și o să mă scoată Dumnezeu din mari primejdii".

Și ce-a mai zis: „Nu. Întâi stau la Sfânta Liturghie și după Liturghie m-oi duce, chiar de m-ar pedepsi boierul. Tata așa a zis când m-a vândut rob aici, ca în timpul Liturghiei, Duminica, să nu călătoresc!"

A intrat bietul Teofil în biserică, căci de-abia începuse slujba, și a ascultat toată dumnezeiasca Liturghie; a ascultat predica, a luat anafură și abia apoi a plecat.

Dar ce-a făcut cucoana când a văzut că nu mai vine capul lui Teofil? Se tot foia: „Uite, l-am trimis de dimineață, și acum este aproape ora 12!"

Dar ce zice robul cel vinovat care trăia cu stăpâna sa?

– Cucoană, mă duc eu să-i aduc capul! Poate l-a tăiat boierul și n-are cine-l aduce.

– Du-te!

Şi-l trimite pe cel vinovat să-i aducă capul lui Teofil. Dar el era în biserică şi nu ştia nimic. Când ajunge acesta acolo, ce să vezi!?... Călăii aşteptau să vină şi se întrebau de ce nu mai vine, căci primiseră ordin de la boier: „Care vine întâi dimineaţa aici, jos capul! Spălaţi-l de sânge, îl împachetaţi şi-l trimiteţi sus la mine".

Apărând acesta, călăii executând ordinul, l-au luat deoparte pe rob, i-au tăiat capul, l-au spălat de sânge, l-au împachetat şi l-au trimis sus la boier. Boierul se gândea acum prin cine să trimită capul stăpânei. Credea că-i al lui Teofil. Dar iată că vine şi Teofil de la biserică.

– Cucoane, ţi-am adus de la cucoană o scrisoare!

– Dar cum vii tu acum?

– Cucoane, să mă iertaţi, am pornit dimineaţă, dar am stat la Sfânta Liturghie, că aşa a zis tata când m-a vândut rob aici la dumneata: „Duminica în timpul Sfintei Liturghii să nu pleci nicăieri şi să stai la Liturghie, orice ar fi"... Şi am stat la Sfânta Liturghie. Să mă iertaţi că am ajuns mai târziu!

Pe boier l-au cuprins lacrimile. S-a gândit că nu-i vinovat:

– Ia pachetul ăsta – el nu ştia ce are într-însul – şi du-l la cucoană!

Şi-i scrie şi o scrisoare: „Ia seama că judecăţile lui Dumnezeu sunt aici! L-ai trimis pe Teofil şi el a stat la Liturghie. Apoi ai trimis pe altul! Şi i s-a tăiat capul aceluia, căci Teofil a stat la biserică. Eu nu cred că omul acesta-i vinovat!".

Dar nici boierul nu ştia că cel trimis este sluga care trăia cu dânsa. Şi când a ajuns Teofil la cucoană, ea îl întreabă:

– Dar cum de vii tu acum?

– Cucoană, să mă iertaţi!

– Ce aduci acolo?

– Mi-a dat boierul un pachet. A spus să vi-l dau dumneavoastră.

El sincer nu ştia ce are în pachet; că are capul celui vinovat. Dar ea a rămas uimită:

– Dar când ai ajuns acolo?

– Să mă iertaţi, cucoană, mata m-ai trimis dimineaţă, dar eu am stat la dumnezeiasca Liturghie, într-un sat. Şi am întârziat şi am ajuns cam târziu. Daţi-mi canon, pedepsiţi-mă, dar mie aşa mi-a zis tata, când m-a vândut rob la dumneavoastră, ca în timpul Sfintei Liturghii să nu călătoresc niciodată.

Şi atunci, cât era ea de rea, a văzut judecăţile lui Dumnezeu. Dar nici ea nu ştia ce este cu capul acela din pachet. Se duce ea într-o cameră repede să vadă ce-i în pachet, şi vede capul robului care a trăit cu dânsa. Atunci a zis: „Aici sunt judecăţile lui Dumnezeu".

A început a plânge şi a chemat pe boier.

– Vino repede la curte, aici la noi!

Vine boierul şi-l întreabă.

– Ce-ai făcut, boierule?

– Nici eu nu ştiu.

– Uite ce s-a întâmplat! zice cucoana.

– Nu ştiu al cui cap a fost ăsta! L-am împachetat... Al cui cap este? Atunci ea a spus adevărul:

– Domnul meu, am să-ţi spun adevărul! Eu, ticăloasa şi necurata, sunt vinovată aici. Dumnezeu l-a ajutat pe Teofil pentru nevinovăţia lui. El niciodată, de când este la noi, n-a făcut o glumă cu mine, nici n-a zâmbit măcar. Totdeauna a fost cinstit şi harnic şi curat cum ştii. Eu, păcătoasă, am trăit cu robul ăsta, căruia i-ai tăiat capul, trei ani de zile. Şi dacă vrei, iartă-mă, că-ţi dau toată averea şi mă duc la o mănăstire să mă fac călugăriţă, că mă tem să nu mă ajungă urgia lui Dumnezeu, că am vrut să-i tai capul unui om sfânt. Dacă vrei să mai stau cu tine şi mă ierţi, bine, iar dacă nu, eu plec; îţi dau toată averea şi mă duc la mănăstire!

Boierul a zis:

– Vezi ce-a făcut Dumnezeu cu Teofil? Măi femeie, nu te duce la mănăstire! Ai greşit şi tu, dar să ne temem de Dumnezeu! Pentru că vezi cum scoate Dumnezeu un tânăr nevinovat? Ai văzut ce înseamnă copil crescut în frica lui Dumnezeu? Mai bine decât să te duci tu la mănăstire, hai să-l înfiem pe Teofil! Să fie ca fiul nostru! Vezi cât este de cinstit?

– Hai! Şi eu vreau! Îl trecem pe numele nostru, să-i trecem averea toată lui, că numai acesta ne va face nouă pomenire şi ni se vor ierta păcatele. Vezi câtă frică de Dumnezeu are Teofil? Că eu am trimis să-i taie capul şi el a adus capul celui vinovat înapoi?

Şi l-a chemat boierul pe Teofil şi i-a zis:

– Teofile, uite, vrei să te trecem pe numele nostru şi să te înfiem?

– Cucoane, cum credeţi! Eu sunt rob deocamdată. Faceţi ce vreţi cu mine! Dacă vreţi să mă înfiaţi, să mă lăsaţi să cred în Hristos, să-mi fac rugăciunile şi să mă duc la biserică!

– Păi tocmai pentru asta vrem să te înfiem! Căci crezi în Hristos şi te temi de Dumnezeu!

Nu i-au spus lui taina ce s-a întâmplat şi povestea cu capul. Şi l-au înfiat şi i-au dat moştenire amândouă curţile după moartea lor şi toată averea şi moşiile şi tot ce-a avut boierul. Şi aşa pe bietul Teofil, care a ascultat de părinţii lui şi n-a călătorit Duminica în timpul Sfintei Liturghii, l-a păzit Dumnezeu de tăierea capului şi a căpătat şi cinste de la boier. Şi a rămas proprietar peste toate averile lor, iar dincolo s-a dus în împărăția cerurilor. Așa știe Dumnezeu să cinstească pe cei ce se tem de El și ascultă de părinți. Amin!

21. Inimă de mamă

*U*n băiat care trăia alături de mama și tatăl său într-o căsuță de la marginea pădurii, neavând copii prin preajmă cu care să se joace, învățase aproape totul despre animale, fiindcă acestea i-au fost prietenii de joacă încă de când era micuț. Animalele veneau de multe ori chiar până în curtea casei, și băiatul le studia comportamentul și mișcările, astfel că știa care este animal rău și care este bun; care este curajos și care este fricos... și tot așa.

Animalul său preferat era lupul, fiindcă așa ar fi vrut să fie și el, ca un lup, adică neînfricat, puternic, impunător, stăpân peste toate... Nu-i plăceau în schimb căprioarele, fiindcă de multe ori a încercat să se apropie de ele ca să le mângâie botul jilav sau să le atingă pielea catifelată, dar acestea mereu fugeau speriate afundându-se în pădure.

Și se jucase băiatul nostru cu o mulțime de animale și păsări, dar niciodată cu o căprioară și de aceea avea un fel de ciudă pe aceste animale.

Într-o zi, mergând ca de obicei să se joace, auzi ceva ca un scâncet de copil. Se apropie de locul acela de unde venea sunetul și descoperi că în gard se prinsese o vietate. Era un pui de căprioară care se prinsese cu picioarele de dindărăt în gardul de sârmă și nu putea nicicum să scape din acea strânsoare. Copilul ajută puiul de căprioară să scape din acea adevărată capcană, dar nu-i dădu drumul în pădure. Ce gândi:

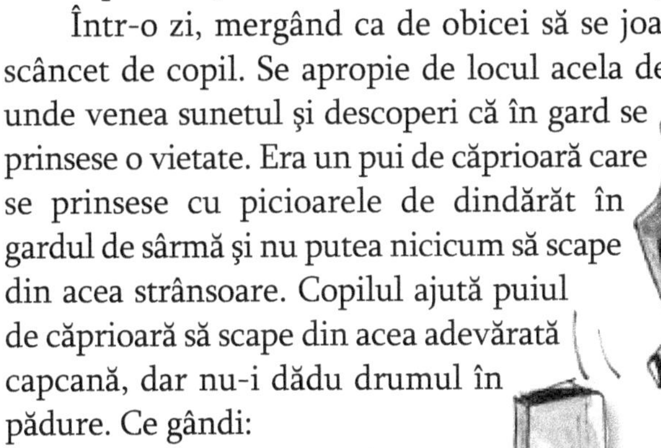

„Niciodată nu m-am jucat cu o căprioară sau cu un pui de căprioară. Pe acest pui îl voi păstra aici, pe lângă casă și mă voi juca cu el până învață să nu mai fie sperios. Trebuie și el să învețe să fie curajos, așa ca celelalte animale, ca lupul de pildă...”

Zicând acestea luă puiul în

braţe şi-l duse într-un şopron. După aceea închise uşa şi închise şi lacătul şopronului. Merse apoi la joaca lui spunându-şi că se va juca cu puiul de căprioară a doua zi, fiindcă acum era rănit şi nu voia să-i facă şi mai mult rău.

Trecu ziua şi se trezi băiatul nostru vesel şi cu chef de joacă şi o zbughi pe uşă afară, dorind să vadă ce s-a întâmplat peste noapte cu puiul de căprioară. Luă cu el şi un snop de paie, fiindcă uitase să-i dea să mănânce. Ajungând destul de aproape de şopron, văzu dincolo de gard o căprioară. El se apropie de gard să o sperie, dar aceasta mai vârtos înainta şi băiatul se miră tare.

Văzu apoi cum căprioara se opinti pe picioarele din spate, făcu câţiva paşi înapoi, ţâşni apoi ca un arc şi dintr-o mişcare sări peste gard. Din trei salturi ajunse la uşa şopronului; aici se întoarse; lovi cu putere uşa o singură dată, încât lacătul sări cât colo; dădu cu botul uşa la o parte; îşi luă apoi puiul pe grumaz... şi din trei salturi fu iar în afara curţii, dispărând cu tot cu pui în pădure...

Uluit de cât de repede s-au întâmplat toate astea băiatul se duse mai aproape de şopron ca să se convingă că nu i s-a părut şi că într-adevăr puiul de căprioară nu mai era acolo. Rămase un pic pe gânduri, se aşeză pe o piatră şi îşi spuse:

„De acum nu am să mai spun despre căprioare că sunt cele mai fricoase animale! Am văzut cu ochii mei cum căprioara nu a fugit de mine, ba chiar a avut curajul să sară gardul, să intre în curte. Curajul ăsta nici lupii nu-l au, că ei vin noaptea pe furiş!... De acum nu am să mai spun despre lupi că sunt stăpânii şi neînfricaţii acestei păduri, fiindcă am văzut cât poate face curajul pe care ţi-l dă inima de mamă".

22. Puntea sufletelor

O prinţesă care trăia într-un ţinut bogat era într-atât de frumoasă încât la vârsta măritişului veneau să o vadă peţitori, chiar şi de la celălalt capăt al pământului, dorind să o ceară de soţie.

Ea primise la naştere din partea unei moaşe un cuvânt care pentru mulţi părea a fi un blestem. Spre dormitorul prinţesei, peste o apă, trecea o punte. Iar moaşa aceea spusese la naşterea copilei că numai cel care va putea trece peste această punte subţire şi fragilă, va fi demn să-i fie soţ şi va fi omul potrivit pentru ea. Puntea aceasta era veche de câteva sute de ani, ea ducea până sub fereastra dormitorului prinţesei, dar nimeni nu ştia de ce fusese construită, la ce folosea.

Mai mulţi peţitori s-au încumetat să facă lucrul acesta, adică au dorit să traverseze puntea pentru a obţine mâna prinţesei. Unii căzând şi-au rupt mâinile şi picioarele. Alţii s-au lovit la cap. Alţii s-au umplut de bube şi râie căzând în apa murdară de sub punte.

Pe prinţesă au peţit-o astfel mulţi bărbaţi, ani de zile, însă nici unul dintre ei nu reuşi să treacă puntea. Aceştia ajungeau de obicei până la jumătate, aici puntea se rupea cu ei, dar ca prin farmec puntea se refăcea la loc în timpul nopţii, de parcă n-ar fi fost ruptă vreodată.

Şi trecură anii şi după o lungă serie de peţitori care tot căzură în apă nereuşind să treacă puntea, nimeni nu mai îndrăzni să se aventureze spre fereastra de sub dormitorul prinţesei. De acum toată lumea se gândea că prinţesa va rămâne fată bătrână. Astfel că regele dădu sfoară în ţară că cine se va încumeta din nou pe punte, va căpăta şi pe prinţesă de soţie, dar şi jumătate din împărăţie. Şi veniră iar peţitori: filozofi, prinţi, negustori şi chiar şi oameni simpli şi încercară să meargă pe punte. Aceasta însă se rupea de fiecare dată la jumătate şi peţitorii cădeau în apă.

Odată, pe la apusul soarelui, Atanasie, un simplu fiu de ţăran care crescuse însă de mic la curtea regelui se gândi că ar fi bine să-i ducă nişte flori prinţesei, fiindcă ţinea la ea ca la o soră. Tânărul Atanasie vedea de cai şi se putea spune că acesta copilărise împreună cu prinţesa care îndrăgea foarte mult caii. Tânărul nu-şi bătea mintea cu lucruri lumeşti. El era credincios, citea Sfânta Evanghelie şi ţinea fără tăgadă posturile şi rânduielile bisericeşti. Astfel că el nu ştia, deşi se dăduse sfoară în ţară, de ce se chinuiau toţi să treacă puntea aceea.

Într-o zi păşi şi el pe punte, dar doar cu gândul să o împodobească cu flori, astfel ca prinţesa să aibă o privelişte frumoasă când va privi de la fereastră. Merse fără probleme de la un capăt la celălalt, puse flori în stânga şi în dreapta şi - să vezi şi să nu crezi! - puntea nu se rupse cu el. Nimeni nu l-a văzut pe tânăr trecând puntea, dar după ce prinţesa văzu dimineaţa puntea împodobită cu flori îşi dădu seama că cineva trecuse pe acolo fără să pice în apă. Şi toţi se mirau cum de acela nu revendicase mână prinţesei şi nici jumătate din regat.

Atanasie al nostru după ce se ofiliră florile, se mai duse o dată pe punte şi o împodobi din nou. Şi nici de data asta nimeni nu-l văzu. Şi făcu treaba asta încă de două ori, fără să-l vadă nimeni, până regele hotărî să pună permanent de pază pe cineva, fiindcă toţi erau curioşi cine a cutezat să treacă puntea... Când Atanasie voi să schimbe din nou florile, fu luat pe sus de omul de gardă şi dus la rege.

- Dar ce cauţi tu măi copile, pe puntea care duce la dormitorul fiicei mele?

- Iaca, am vrut doar să pun flori ca să împodobesc puntea, nu am avut alte gânduri...

- Cum adică tu nu ştii ce capătă acela care traversează puntea?...

- Nu! Dumnezeu mi-e martor că nu am trecut-o ca să capăt ceva...

- Dar tu n-ai văzut oameni, bărbaţi de pretutindeni, încercând să treacă puntea?...

- Ba da, dar am crezut că e vreo distracţie de a lor, căci mereu îi vedeam cum se aruncă în apă când ajungeau la jumătate.

Auzind acestea regele se miră foarte şi chemă moaşa care pusese acel legământ privind viitorul prinţesei şi căsătoria ei.

Un pic mânios regele o întrebă pe moaşă:

- Spune-mi de ce ai zis acestea? De ce ai zis că legământul tău este spre binele prinţesei. Iată! spuse arătând spre tânărul Atanasie, acesta a trecut puntea... Cum crezi tu că-mi pot da fata, după un grăjdar?

- Ei bine, rege şi stăpâne al nostru... Află că mai întâi am pus acest legământ din dragoste pentru prinţesă, căci nu am vrut să o ia de soţie cineva cu inimă de piatră, spuse moaşa... Or Dumnezeu e sus şi a văzut că toţi cei care au încercat să treacă puntea nu au venit aici fiindcă îţi iubeau fiica, ci pentru că doreau avere şi rang... Puntea aceasta este o punte a sufletelor, construită în vechime de un prinţ care o putea trece doar cu puterea dragostei... Dacă acest tânăr, Atanasie, a reuşit să treacă puntea înseamnă că a făcut-o cu puterea iubirii şi cunoscând sufletul fiicei tale... Pe când pe ceilalţi nu i-a interesat decât să câştige faimă şi jumătate din regat...

- Dar acest tânăr e un om simplu, spuse regele.

- Este, dar nu e nimic de făcut. Când puntea dintre sufletele a doi oameni este clădită de Dumnezeu nu o dărâmă nici vântul cel mai puternic şi niciun cutremur...

Înțelegând că din dragoste pentru fata lui, Atanasie urcase acolo și împodobise puntea cu flori, se gândi să respecte legământul și să i-o dea de soție pe prințesă. Se gândea regele că Dumnezeu în bunătatea Sa va avea grijă de cei doi tineri să se cunoască, să se respecte și să se iubească, la fel cum a avut grijă ca toți cei cu inima rece, care au venit după avere și ranguri să fie doborâți de pe punte în apă. Și s-au cunoscut mai îndeaproape cei doi tineri și s-au însoțit spre a merge împreună la bucuriile Împărăției cerești.

23. Cine sare mai sus?

Un băiat cam de zece anișori era supărat foarte tare pe faptul că niciodată nu câștiga, atunci când era chemat de ceilalți copii la jocul „sare piatra". În ce consta jocul acesta: ei puneau mai întâi o piatră mai mică , apoi una mai mare, apoi un scaun de bucătărie, apoi un scaun cu spetează și se străduiau să sară peste ele.

Băiatul nostru deși ambițios nevoie mare nu putea să sară mai sus decât să treacă peste piatra mai mare. Când ajungea la scaunul de bucătărie se împiedica, iar în scaunul cu spetează mereu se lovea, iar ceilalți râdeau de el.

Într-o zi, după joacă, se duse la mama sa plângând. Îi povesti mamei sale cum se străduia să sară cât mai sus, dar că nu putea să sară cât ceilalți, și că, împiedicându-se în scaune, toți râdeau de el.

- Puiule dragă, stai un pic să vedem despre ce este vorba și nu te mai necăji... Ia spune-mi, tu te rogi în fiecare seară?...

- Da mamă, mă rog!

- Și către cine înalți tu rugăciunea?

- Păi către Dumnezeu și sfinți... și către îngeri...

- Și unde sunt aceștia?

- Păi acolo sus în Cer, spuse copilul.

- Ei da! spuse mama sa... Noi părinții tăi suntem sănătoși, la noi în familie este pace şi linişte, avem bunăstare?

- Da mamă, avem toate astea! spuse micuţul.

- Ei dacă avem toate astea înseamnă că rugăciunile tale sunt ascultate şi că tu poţi sări mult mai sus decât crezi. Fiindcă unii oameni aici pe pământ pot să sară sus peste pietre ori peste scaune, dar omul care se roagă poate să sară până sus la Cer.

24. Povestea lui Bonifatie mucenicul

În vremea sângerosului împărat Diocleţian, trăia şi un tânăr care era rob al unei femei bogate pe nume Aglaia, fiica unul vestit prefect roman.

Bonifatie, tânărul acesta, era o slugă credincioasă, un om care iubea săracii, dar care trăia în păcate trupeşti cu stăpâna sa. În plus i se dusese vestea că ar fi şi cam beţiv.

Dar Dumnezeu nu l-a lăsat pe acest tânăr cu inimă mare să vieţuiască aşa şi nici nu i-a pregătit vreo pedeapsă, ci prin acest tânăr s-a văzut fericita schimbare a păcătosului, care se face sfânt prin mărturisire şi devine mucenic al lui Hristos.

Bonifatie era hulit pentru păcatele lui, dar avea inimă să ajute mulţi săraci făcând milostenii. Dumnezeu a rânduit ca şi stăpâna sa să fie milostivă cu sărmanii, iar în afară de asta, Aglaia avea un respect deosebit pentru mucenici şi pentru Sfintele Moaşte.

Domnul nu i-a lăsat prea mult să se întineze şi le-a dat gândul bun pentru a scăpa de păcatele lor..

Într-una din zile, Aglaia îi spune lui Bonifatie:

- Mergi în Răsărit, unde mărturisesc Sfinţii, şi să-mi aduci moaşte de la Mucenici, ca să le avem de ajutor spre mântuirea sufletului!

Iar Bonifatie, răspunzând, a zis:

- De vor aduce moaştele mele, le vei primi oare?

Iar stăpâna sa a râs zicând: „Beţivule!".

Apoi a luat Bonifatie cu el douăsprezece slugi şi mulţi galbeni şi a ajuns la Cilicia, unde erau daţi la chinuri Sfinţii. Şi, aflându-i pe aceştia în chinuri, le săruta legăturile, lanţurile şi rănile.

Deci, aprinzându-se de râvnă dumnezeiască, a stat Bonifatie în faţa dregătorului, mărturisind că şi el este creştin. Şi, prinzându-l, l-au spânzurat cu capul în jos şi l-au împuns cu trestii ascuţite pe sub unghii şi i-au dat plumb topit pe gură, şi l-au băgat cu capul în jos într-o căldare plină de smoală ce fierbea. Dar, din toate, nevătămat a ieşit. Atunci dregătorul a poruncit să i se taie capul. L-au luat apoi ostaşii pe sus ca să execute ordinul şi să-l ucidă. Iar Sfântul, după ce s-a rugat, şi-a plecat capul şi a fost tăiat. Şi ceea ce zisese stăpânei sale, râzând, când a plecat, aceasta s-a şi împlinit în faptă, căci s-a făcut mucenic al lui Hristos.

Iar slugile care îl însoţiseră la Roma, dacă văzură că zăboveşte, socotiră că va fi umblând prin cârciumi după beţie, cum îi ştiau năravul. Iar dacă au aflat de chinurile şi de tăierea ce le-a răbdat şi cum şi-a dat sfârşitul, au umblat de i-au găsit moaştele şi, plângându-l, cădeau către el, cerându-şi iertare, că îl grăiseră de rău. Cumpărându-i apoi trupul cu preţ de cinci sute de galbeni, l-au adus la Roma. De acestea aflând Aglaia, stăpâna lui, s-a întristat puţin, dar a dat slavă lui Dumnezeu şi l-a primit cu cinste mare şi l-a îngropat aproape de cetate, ca la cincizeci de stadii şi - făcând o biserică cu numele lui, la casa ei în oraş - l-a mutat acolo. Şi, în toate zilele, la sfintele lui moaşte, se făceau multe tămăduiri.

Iar ea, de atunci binevieţuind, cu cuviinţă şi rânduială dumnezeiască, cu pace şi-a dat sufletul la Dumnezeu, făcându-i-se pomenire pentru îndreptarea ei până în ziua de azi.

25. Ziua sărbătorii de Alexii

De 17 martie, în fiecare an, se vede că este o mare şi deosebită zi a lui Dumnezeu. Căci este ziua când, ca prin minune se deschide pământul şi toate gângăniile, insectele şi târâtoarele ies din pământ şi încep să-şi vadă de ale lor, după minunata grijă şi rânduială a lui Dumnezeu.

Se spune că după ce Dumnezeu a făcut lumea, aşa cum o vedem noi, se uita la oameni să-i vadă dacă sunt mulţumiţi cu darurile pe care le-au primit, dacă le folosesc cum trebuie sau nu. A văzut odată că insectele cele mai mici, gângăniile, unele mai mari, altele aproape nevăzute, mai mult îl supărau pe om. S-a gândit să le adune şi să facă altceva cu ele. Le-a adunat într-o lădiţă, le-a încuiat şi văzând un călător pe nume Alexie îi spuse:

„Unde mergi Alexie?".

„Către mare, Doamne", răspunse călătorul.

„Fă bine Alexie, ia lădiţa asta plină cu gângănii, să n-o deschizi, şi s-o arunci în mare aşa cum se află!"

Alexie a luat lădiţa, dar când a ajuns la malul mării, din curiozitate, nemaiputând răbda, a deschis lada. Gângăniile s-au risipit cu iuţeala gândului în toate direcţiile printre ierburi, nisip, pietre, prin crăpăturile lemnelor şi ale pomilor, prin apă. Alexie a intrat în panică atunci şi a încercat din răsputeri să le adune, dar nu a reuşit. De atunci, pământul e plin de gângănii, fiecare cu rostul său, bine gândit de Dumnezeu. Drept pedeapsă pentru Alexie, acesta a fost transformat de Dumnezeu în cocostârc, astfel că şi-n ziua de azi el mai caută şi scormone după gângăniile risipite pe pământ.

Şi ca să se vadă până la capăt minunata pronie a lui Dumnezeu, să se mai ştie că gângăniile ies din pământ de Alexii, în ziua când ortodocşii îl prăznuiesc pe cuviosul Alexie, omul lui Dumnezeu, şi intră la loc în pământ exact în ziua marii sărbători a Sfintei Cruci.

26. Cuviosul Alexie, omul lui Dumnezeu

Se spune că demult, ar fi fost un împărat puternic care avea un fiu, pe cât de deștept și de chipeș, pe-atât de ascultător.

Cum băiatul crescuse, împăratul s-a hotărât să-l însoare cu fiica unui alt împărat vecin. Fiul, Alexie era numele său, nu s-a împotrivit, dar de cum s-a sfârșit nunta în biserică, fără să sufle o vorbă, a plecat, nu se știe unde și nu s-a mai știut de el. De cum a ieșit din biserică, Alexie a mers tot înainte, până ce a ajuns la o mânăstire. Acolo, s-a rugat să-l primească și pe el și, după o vreme, ducând viață cucernică, s-a călugărit.

Când starețul a murit, ceilalți monahi au vrut să-l numească pe el egumen (stareț), dar iarăși Alexie nu s-a învoit cu onorurile și, în taină, a părăsit mănăstirea. Între timp, anii și posturile îi brăzdaseră obrajii, altădată rumeni, iar barba lungă îi ascundea chipul. În straie sărmane și astfel schimbat la față, Alexie se întoarse la tatăl său, căruia, fără să-i spună cine este, i-a cerut o cămăruță lângă grajduri. Acolo a mai trăit el câțiva ani, în reculegere, rugăciuni și post, neștiut și singur, doar cu Dumnezeu în suflet și îngrijind de animale.

Iată însă că, într-o bună zi, clopotele bisericii au început să bată. Când s-au dus la biserică, să vadă cine murise, oamenii au rămas muți de uimire: clopotele băteau singure, netrase de mână de om. Și tot atunci, slujbașii curții împărătești au văzut în chilioara străinului o lumină vie, de parcă ar fi fost înăuntru o torță aprinsă. Când au dat fuga să vadă ce s-a întâmplat, l-au găsit pe călugăr mort, întins la pământ, cu mâinile pe piept puse cruce, iar în jurul lui pluteau prin aer limbi de foc luminoase, care însă nu incendiaseră încăperea. În mâini, monahul ţinea o scrisoare şi, oricât s-au străduit ei să i-o smulgă, nu au izbutit.

Chemat în grabă, împăratul a poruncit să i se aducă scrisoarea, dar nimeni n-a putut-o lua. Dar când s-a apropiat el însuşi de cel mort, a luat scrisoarea uşor, fără opintire. Pe hârtie, stătea scris: Eu sunt fiul tău, cel de mulţi ani pierdut... Alexie. Era în ziua de 17 Martie.

De atunci, an de an, lumea ortodoxă, românii de pretutindeni serbează Alexiile sau pe Cuviosul Alexie, Omul lui Dumnezeu, Alexie cel Cald sau Omul cel cald al lui Dumnezeu, cum i se mai spune. Pentru că în ziua lui, în fiecare an pământul se dezgheaţă şi învie toate gângăniile, iar pământul se dezmorţeşte.

27. Prietenul crocodilului

O fetiţă de vreo nouă ani, pe nume Irina avea o pasiune specială pentru animale. Şi despre fiecare în parte ştia câte ceva, ba adunase poze cu ele pe care le ţinea într-un bloc de desen. Când şi când, fătuca deschidea blocul de desen şi desena animalul uitându-se la pozele pe care le avea colecţionate. După ce desena animalul respectiv scria într-un colţ ceva, aşa ca o scurtă caracterizare. Ea scrisese la animalele mici şi blânde cuvintele: ,,bun" şi ,,foarte bun", la animalele un pic mai mari: ,,bun"; ,,şi bun şi rău" sau ,,rău", numai la crocodil scrisese: ,,cel mai rău".

Mama sa văzu aceasta şi râse un pic în sinea ei, dar apoi dori să vorbească cu fetiţa:

- Irinuca, mamă, de ce ai scris tu la celelalte animale ,,bun", ,,rău" şi numai la crocodil ai scris ,,cel mai rău"?

- Păi mami, cum să-ţi zic, am citit despre crocodil că nu are milă de niciun animal, că sfâşie cu colţii săi chiar şi fiinţele neajutorate şi oamenii.... Este lacom şi mănâncă orice animal se apropie de el...

- Irina, mamă, să ştii că tot ce este pe pământ, este creat de Dumnezeu. Şi să mai ştii că după ce Dumnezeu a făcut lumea, a privit şi a spus că sunt bune toate, deci şi crocodilul este bun...

- Cum adică să fie crocodilul bun, dacă e cel mai rău?

- Oare tu nu ştii fata mea, că toată lucrarea lui Dumnezeu este minunată şi că poţi vedea puterea Lui şi-n punctuleţele de pe spatele unei gărgăriţe. Hai să-ţi povestesc ceva ce tu nu ştii! O să-ţi povestesc despre prietenul crocodilului.

- Cum adică... prietenul crocodilului!? se miră fata.

- Da! Cum auzi! Încă din cele mai vechi timpuri crocodilul a avut un prieten de care este nedespărţit. Iar pe acest prieten îl cheamă pluvianul egiptean, o pasăre neînfricată, care atunci când crocodilul stă tolănit la soare, cu fălcile larg deschise, pe malul unui lac sau al unui râu, intră în gura lui şi-i curăţă dinţii de toate resturile de carne, aşa, ca cel mai priceput dentist. Şi să vezi minune, căci în burta crocodilului se găsesc şi pene ale păsărilor, dar el niciodată nu se atinge de acest prieten al lui – pluvianul. Şi ca minunea să fie deplină, pluvianul nu se ospătează şi apoi pleacă, el este cel mai bun păzitor al vieţii crocodilului, căci dacă vede sau simte vreo primejdie, începe să scoată ţipete ascuţite. Crocodilului îi este destul să audă aceste ţipete că dintr-o zvâcnitură se şi aruncă în apă, pentru a nu cădea pradă altor animale sau omului. Iar dacă până şi crocodilul se teme, înseamnă că nu el este cel mai rău.

- Eu mamă, am înţeles din asta că şi crocodilul este capabil de dragoste, căci dacă nu ar ţine la această pasăre ar mânca-o...

- Foarte bine ai înţeles! Dumnezeu a lăsat legi în natură care nouă oamenilor ne scapă uneori, tocmai fiindcă sunt legi puse după negrăita lui Înţelepciune.

28. Băiatul care a alungat albinele

Un băiat cam de opt ani îl văzu într-o zi pe un vecin cum alunga nişte viespi dintr-o scorbură cu ajutorul unei făclii. Crezând că vecinul lui face un lucru bun, şi pentru că de obicei copiii imită comportamentul celor mari, micuţul se duse, găsi un băţ mai gros, înfăşură la un capăt o cârpă pe care o înmuie apoi în gaz, îi dădu foc cârpei şi merse apoi spre stupul din fundul grădinii casei unde locuia el cu părinţii săi. Se duse chitit să alunge albinele şi fu cât pe aici să se întâmple un dezastru, adică el să strice acel cuib, numai că tatăl său îl văzu la timp şi-l opri:

- Hei ce faci tu aici? întrebă tatăl băiatului stingând repede făclia şi îndepărtând cum putea fumul...

- Păi fac ce am văzut că face vecinul, alung albinele!...

- Hei măi Ştefănel, tu eşti de acum mare! Tu nu ştii care e diferenţa dintre o albină şi o viespe?

-....

- Acel vecin alunga nişte viespi, nu albine, continuă tatăl.
Oare nu-ţi place mierea când o mănânci dimineaţa pe felia de
pâine cu unt?...

- Ei cum nu!? spuse copilul.

- Păi dacă îţi place, să înţelegi că albinele acestea sunt ca şi parte
din familia noastră şi trebuie să avem grijă de ele şi să le preţuim, fiindcă şi ele
au grijă de noi şi ne dau mierea de care avem nevoie...

- Eu am zis că nu fac prea mare rău. Ce musca nu o omorâm? Mi-am zis că
şi albina este o musca, dar un pic mai mare şi mai galbenă...

- Eiiiiiiii, ia stai tu aici un pic să-ţi spun nişte
lucruri despre insecte că văd că încă nu le ştii pe
toate...

-...

- Şi viespea şi musca şi albina,
toate au rolul lor, fiindcă Dumnezeu le-a
lăsat pe pământ cu un rost şi cu o misiune...

- Ce ştie să facă albina? zise micuţul
un pic obraznic, bzz, bzz şi un pic de
miere, atâta tot!......

- Eeeeeeee nu e chiar aşa, albina
este regina insectelor, fiindcă are daruri
de la Dumnezeu care le arată că sunt
mai puternice şi decât oamenii..

- Cum poate fi o albină
atâtica, mai puternică decât
mine? întrebă micuţul
arătând cu două degete cât de
mică este albina...

- Păi da! Stai să vezi! În
primul rând trebuie să ştii că
albina trăieşte într-o
comunitate alături de alte
20.000 sau chiar 40.000 de
albine... Iar dacă o albină
din alt stup vine spre un
stup străin aceasta este
detectată, fiindcă cele

20 000 acţionează ca una şi sunt aşa de bine organizate încât ne fac de râs pe noi oamenii care de abia ştim după nume câţiva vecini. Sunt unele albine care au rolul de păzitor al stupului, şi cum simt o albină străină, cum o alungă... Şi încă ceva, aceste albine sunt albine-ostaşi; dacă cineva vrea să strice stupul, aşa cum ai încercat tu azi, ele ies primele la război, fiind gata să-şi dea viaţa pentru ca albina regină să trăiască şi să ducă specia mai departe...

- ...

- Mai mult de atât, Ştefănel dragă, află că albinele ştiu cât este ceasul....

- Eeeee, ştiu! se miră copilul. Doar nu au ceas la mână!...

- Un om de ştiinţă punea în fiecare zi un borcan cu apă şi zahăr pe o masă lângă un stup. Albinele îşi făceau de lucru în jurul acelui borcan la ora douăsprezece fix, nici mai devreme, nici mai târziu... Fiindcă după o oră aveau alt program, după altă oră făceau altceva... Albinele fac totul după un orar numai de ele ştiut, dar foarte bine pus la punct...

- Asta chiar nu o ştiam tăticule!...

- Ei şi nu ne oprim aici! Tu câte kilograme poţi să ridici aşa cu braţele tale de copil?

- Păi o dată am ridicat găleata de cinci litri plină cu apă, când eram la mamaie...

- Ei bravo, dar să ştii că albina este mai puternică şi decât omul! Chiar şi decât calul! Calul nu poate trage după el o greutate mai mare cu mult peste greutatea sa, pe când albina poate tracta, adică poate duce după ea, o greutate de 20 de ori mai mare...

- Şi toţi oamenii ştiu lucrurile astea pe care mi le-ai spus tu, tăticule?

- Nu copilul meu, mulţi fac aşa cum ai vrut tu să faci, omoară musca, alungă viespile şi fug de albine de frica înţepăturilor, considerându-le pe toate gângănii fără folos...

- Păi dacă nu sunt gângănii, atunci ce sunt?

- O să-ţi răspund printr-o mică istorioară... Un împărat a dat ordin odată ca toate vrăbiile din regat să fie alungate sau împuşcate, fiindcă mâncau din rodul pomilor, apoi văzând că fructele sunt pline de viermi şi de omizi a trimis slujitorii după vrăbii taman peste ocean ca nu mai ştiau ce sunt acelea fructe.

Şi încheie tatăl său:

- Aşadar să pricepi fiule că şi vrabia, musca, viespea, dar şi albina au rolul lor în natură pregătit de la începutul vremurilor de Tatăl tuturor, de Creatorul a toate, adică de Dumnezeu. Să înţelegi că albina nu e doar o gânganie, ci creatură a lui Dumnezeu...

29. Locul special şi rugăciunea specială

Oamenii dintr-un sat nu se îmbolnăveau şi nu mureau, astfel că se dusese vestea până departe că locuitorii de aici sunt cei mai fericiţi din lume. Preotul din sat ştia în pădure un loc special şi acolo mergând spunea rugăciunea specială. Apoi acel preot a fost trimis în misiune şi alt preot i-a luat locul. Acest preot ştia doar locul special din pădure, dar nu ştia şi rugăciunea specială, dar la fel, nimeni nu se îmbolnăvea şi nimeni nu murea. Apoi şi acest preot a trebuit să plece, fiind mutat de ierarhul locului şi i-a luat locul un altul, care nu ştia unde este locul special, dar ştia rugăciunea specială, astfel că nimeni din sat nu se îmbolnăvea şi nimeni nu murea.

După acesta a venit un alt preot care nu ştia nici unde e locul special, nu ştia nici rugăciunea specială, dar se ruga fierbinte pentru oamenii din sat şi nimeni nu se îmbolnăvea şi nimeni nu murea. După acesta a venit alt preot care abia de se mai ruga pentru săteni zicând: „Cum Doamne, oamenii aceştia nu sunt făpturile Tale!? Nu am să spun rugăciuni speciale, căci la urma urmei poţi să faci ce vrei cu aceşti oameni. Cu toţii suntem în mâna Ta, atotputernică!".

Şi Dumnezeu a auzit şi această rugăciune şi a continuat să-i ajute pe săteni, în ciuda faptului că unii căutând locul special şi rugăciunea specială au uitat că Dumnezeu aude şi gândurile noastre şi că Acesta se află în tot locul.

30. Al patrulea Mag

Trei magi urmărind steaua minunată au ajuns la peştera din Bethleem, la timp cât să dea în dar noului născut - Care va aduce bucurie întregii lumi, Împăratului a toată făptura, Sfântului lui Dumnezeu, Mântuitorului - aur, smirnă şi tămâie. Prin aceste daruri au salutat naşterea lui Iisus din Fecioară, aducând cu ei de departe, tocmai de la capătul pământului consideraţia şi dragostea tuturor neamurilor pentru Fiul lui Dumnezeu, Cel care va deveni Izbăvitorul. Se spune însă că a existat şi un al patrulea mag, în afară de Baltazar, Gaspar şi Melchior. Iar acesta a plecat mai târziu şi neputându-se orienta după steaua minunată a rătăcit calea, astfel că a ajuns prin alte locuri, cu mult departe de ţinta sa. Abia după treizeci de ani ajunse şi el la Ierusalim, unde ar fi auzit că propovăduieşte Mântuitorul.

Pe drum, acest al patrulea mag a cheltuit cele trei pietre preţioase pe care le pregătise pentru Iisus. Una dintre perle a dăruit-o unui bătrân zdrenţuros şi flămând care trăia în apropierea unui han, cu a doua perlă a răscumpărat o fecioară care urma să fie batjocorită de nişte soldaţi, iar cu cea de-a treia i-a plătit pe oamenii lui Irod, ca să nu-i ia viaţa unui copilaş de doi ani al unei evreice, în vremea când tiranul a dat ordin ca toţi pruncii să fie omorâţi.

Obosit, murdar şi zdrenţuros, aşa a ajuns în faţa Mântuitorului, Care tocmai fusese pus pe Cruce pentru a fi răstignit. El a privit cu durere la Cel pentru care bătuse atâta drum în atâta amar de ani, nevenindu-i să creadă că Acesta este condamnat la moarte. Îndrăzni să se apropie de Cruce şi spuse cu ruşine:

„Să mă ierţi Doamne că am venit cu aşa mare întârziere, iar nu atunci când te-ai născut în peştera Bethleemului. Şi să mă ierţi că am venit fără să am şi darurile la mine!"

„Adevăr grăiesc, spuse Mântuitorul, că omul trebuie să-şi ceară iertare pentru faptele rele, dar tu numai fapte bune ai făcut! Şi să mai ştii că cele trei perle pe care mi le-ai adus, mai mult valorează decât darurile pe care mi le-au adus cei trei magi"

Auzind aceasta, se miră că Mântuitorul ştia de cele trei perle pe care el „le cheltuise" pe drum şi obosit fiind de atâta peregrinare şi zbucium, puse capul pe o piatră şi adormi acolo întru Domnul, chiar sub Crucea lui Iisus, dându-şi sufletul.

31. Minunea bucăţii de lemn din Sfânta Cruce

Un prieten al unui paralitic trebuia să facă un drum la Ierusalim. Aflând aceasta, paraliticul l-a rugat aşa:

- Dacă mergi acolo, negreşit să-mi iei o bucată din Sfânta Cruce, că am auzit că prin acesta s-au făcut mii şi mii de minunate vindecări...

- Sigur prietene, voi căuta să-ţi aduc, i-a spus tânărul, după care a plecat la drum.

Numai că fiind prins cu negustoria şi cu alte probleme a uitat cu totul de prietenul său paralizat. Având drum lung până acasă şi având timp să se gândească la una şi la alta tânărul îşi aduse aminte şi de paralitic. Dar ce să mai facă?

Ierusalimul era hăt, departe, astfel că se opri undeva pe drum, rupse o bucată de lemn dintr-un gard şi pe aceea mai târziu i-a dat-o prietenului său.

Paraliticul văzând bucata de lemn a strâns-o la piept şi era nedespărţit de ea. Şi rugându-se fierbinte şi cu lacrimi a început încet-încet să-şi revină din boala sa, iar peste o vreme s-a ridicat din patul său spre slava lui Dumnezeu, sănătos făcându-se.

Iar prietenul său nici până în ziua de azi nu i-a spus că aceea nu era bucată din Sfânta Cruce, bucurându-se în taină de cât de mare este puterea credinţei în Bunul Dumnezeu.

32. Tânărul necuviincios

Un tânăr credincios se mutase de puțină vreme într-o comună mare cu multe sate, astfel că în împrejurimi avea șapte biserici. El voia să meargă la Sfânta Liturghie acolo unde oamenii participau trup și suflet și unde credința lor era mai puternică. Și nu știu cum să facă altfel, decât să se îmbrace în haine zdrențuite, murdărindu-se pe față cu cărbune, cât să arate ca un cerșetor și merse din biserică în biserică, chiar în timpul Sfintei Liturghii, ca să vadă unde este bine primit.

În prima biserică numai intrând, lumânăreasa l-a scos afară dându-i citate din Sfânta Scriptură despre ținuta în Biserică, spunând că ea citește Epistolele Sfântului Apostol Pavel.

În a doua biserică intrând, toți cei din jurul lui începură să nu mai fie atenți la slujbă și începură a discuta cum de el cu hainele acestea a îndrăznit să intre în biserică. Plecă el de acolo de bunăvoie și intră în a treia.

Aici dacă văzu că nimeni nu se uită la hainele lui, începu să îngâne așa ceva, prefăcându-se că e bolnav. Un bărbat nu a mai răbdat și l-a luat pe sus izgonindu-l din biserică.

În a patra biserică, oamenii răbdară să-l vadă murdar, să îngâne și văzând asta, tânărul începu a zice din când în când: „Mi-e foame!". Și aici îl repezi careva, spunându-i că în biserică nu se mănâncă și să caute de mâncare pe afară cât o vrea.

În a cincea, oamenii îi răbdară îngânarea, văitatul de foame, căci cineva îi întinse un covrig, dar după aceea, când spuse că îi este sete, oamenii nu-l mai răbdară și îl scoaseră și de aici.

Într-a șasea biserică intrând, credincioșii dacă au văzut că nu stă locului, au început să se agite, care încotro, unul să-i dea pâine, altul să-i dea apă, dar de aici a plecat el singur.

Într-a şaptea biserică intrând, a început la fel să îngâne, să ceară mâncare şi apă, dar nimeni din cei prezenţi la slujbă nu se clinti de la locul lui, cum dealtfel nimeni din jur nu se uită urât la el. Slujba se încheie, se închinară toţi la icoane şi se miruiră, apoi copilul fu dus de câţiva credincioşi la o casă în apropiere, fu îmbăiat, ospătat şi i se dădură haine noi.

Tânărul gândi că aceasta ar trebui să fie biserica în care va să vină la slujbă de acum înainte, nu pentru faptul că se alesese cu haine noi, fiindcă avea haine destule acasă. Dorea acest lucru din două motive: o dată pentru că nimeni nu şi-a întrerupt rugăciunea şi lucrările credinţei în timpul Sfintei Liturghii ca să–i dea lui atenţie, şi a doua, fiindcă oamenii aceia nu ţineau doar de formă cuvântul Scripturii, ci chiar au înţeles că trebuie să şi lucreze după acel cuvânt. Astfel au lucrat cu toţii, îmbrăcându-l şi ospătându-l, ca să se împlinească prin aceasta cuvintele lui Hristos: „Străin am fost şi M-aţi primit; gol am fost şi M-aţi îmbrăcat; flămând am fost şi Mi-aţi dat să mănânc; însetat am fost şi Mi-aţi dat să beau; bolnav am fost şi M-aţi cercetat"

33. Ţăranul şi vasul de lux

Un tânăr care provenea de la ţară ajunsese atât de bogat încât doar făcea semne din mână şi toate îi erau aşternute de-a gata de către servitori. Locuia într-o casă mare, aproape un palat şi pe lângă averi, avea şi un vas de lux pe care îl folosea pentru plimbări pe mare. Se gândi el într-o zi, că nu ar fi rău să-l invite o zi-două pe la el, pe tatăl lui, care era om simplu de la ţară.

Zis şi făcut, trimise pe cineva cu un automobil luxos să-l ia pe tatăl său, iar când acesta sosi, îi arătă terenurile sale, palatul în care locuia şi alte bunuri. Apoi se gândi ca restul zilei să-l petreacă după pofta inimii pe vasul de lux. Îl luă pe vaporaş şi pe tatăl său, care nu mai fusese vreodată pe o astfel de ambarcaţiune şi amuţise de câte vedea în jurul său; numai lux şi bogăţie.

Pe vas se dădu o petrecere, iar sufletul chefului fu chiar fiul său care era înconjurat de cele mai frumoase femei din ținut, iar cei mai bogați și mai cunoscuți oameni din împrejurimi îl lăudau și îl lingușeau, probabil din dorința unui câștig, fiindcă băiatul țăranului era și un om influent.

Petrecerea deveni din ce în ce mai zgomotoasă și mulți se îmbătară, fiul țăranului fiind primul care s-a amețit zdravăn. Ba după ce se îmbuibară toți cu mâncare și băutură, chelnerii de pe vas au încins și ei o petrecere a lor. Singurul care nu voi să participe la treaba asta fu țăranul, adică tatăl tânărului bogat, care oricum nefiind băgat în seamă de nimeni, s-a dus în cabina sa de dormit și acolo și-a petrecut timpul rugându-se până s-a înnoptat, după care s-a culcat.

Pe la șase dimineața, așa cum îi era obiceiul, țăranul s-a trezit și, în vreme ce toți dormeau duși, a început a strânge toate lucrurile aruncate ca să le pună la locul lor. A luat un spălător și a făcut lună toată puntea vasului, apoi a intrat în bucătărie unde a debarasat toată mâncarea rămasă și a spălat vasele. Astfel când au început să se trezească unul câte unul, cei de pe vas se mirau cum de strălucesc toate de curățenie, căci lăsaseră totul într-o dezordine cumplită. Și tot întrebară în stânga și-n dreapta, cine a făcut curățenie, dar nu aflară nimic, fiindcă țăranul nu voia să spună că el a făcut.

Apoi se trezi și domnișorul, fiul său, și auzind că cineva a făcut curat și nu e chip să se afle cine, a promis celui care îi va aduce persoana care a făcut vasul lună că îi va da un diamant de mare preț. Și atunci ca într-un joc de societate, fiecare pe fiecare au început să se întrebe care a făcut curățenie. Unii au vrut să mintă, dar alții i-au deconspirat; se făcu de acum jumătatea zilei și tot nu aflară.

Domnișorul ce-și spuse: „Am trimis pe toată lumea să caute omul care a făcut curat, dar nimeni nu e în stare să-mi dea un răspuns. Prin urmare o să merg și eu să-l caut... Dar mai întâi să mă gândesc!".

Mergând în cabina sa, prinse a se gândi cine putea să facă curat, dar nimic nu-i trecea prin cap. Adunându-și gândurile, își aduse aminte că în urmă cu câţiva ani, pe când era un tânăr ca toţi ceilalţi şi nu avea un sfanţ în buzunar, când avea nevoie să afle ceva, se ruga la Dumnezeu şi afla. Făcu astfel o mică rugăciune, aducându-şi aminte că trecuseră ani buni de când uitase cu totul de puterea rugăciunii. Şi ce să vezi!?... Îşi aduse aminte că tatăl său în fiecare dimineaţă avea obiceiul să se trezească la ora şase, se ruga şi apoi făcea curat, aranja toată curtea şi gospodăria înainte să se apuce de alte treburi de peste zi.

Atunci merse la tatăl său şi păşind împreună de pe vas, afară pe chei, stătură de vorbă:

- Uite tată al meu, ai făcut un pic de vânzoleală pe vas, căci toţi te caută, dar tu vrei să stai ascuns.

- Nu ştiu la ce te referi fiule, zise ţăranul.

- Păi ai aflat şi tu că s-a dat în căutare un om care a făcut curat pe vas, a spălat vasele şi puntea şi a aranjat toate lucrurile.

- Şi?...

- Şi dumneata ai făcut curat, nu-i aşa?...

- Aşa este fiule, dar de ce era să mă laud cu asta, am făcut ce fac de peste 40 de ani în zilele când nu e sărbătoare... . Mă trezesc, mă rog la Dumnezeu să-mi dea putere, apoi merg să aranjez lucrurile prin curte şi să fac curat. Aşa am zis că vasul acesta de lux este pentru o zi curtea mea şi lucrul meu! Şi m-am apucat să şterg şi să spăl... .

- Tată, tu vezi toate lucrurile astea pe care le am?

- Cum nu fiule, bravos ţie, ai tot ce-ţi trebuie: avere, faimă, femei, respectul celor din jur…

- Ei bine, chiar acum m-am gândit că am de toate, dar îmi lipseşte ceva ce numai tu ai tată... şi n-am văzut la altcineva!

- Ce am eu şi nu ai tu? întrebă ţăranul.

- Mi-aduc aminte că atunci când eram sărac şi înainte să ajung orăşean şi om înstărit făceam ca dumneata, adică nu mă duceam undeva fără să mă rog mai întâi şi să-mi pun în ordine lucrurile. După ce am devenit bogat, prins mai ales în discuţii despre negustorie şi prins în petreceri şi afaceri, am uitat cu totul de rugăciune şi am pierdut un dar mai mare ca toate darurile pe care mi le-a dat Dumnezeu.

- Şi care ar fi acela?

- Am de toate, dar am pierdut statornicia, statornicia în credinţă. De azi voi fi mai cumpătat şi mă voi întoarce din nou cu faţa către Dumnezeu, căci am uitat cu totul că El este cel care m-a îmbrăcat în puf. Voi vinde din averea mea şi voi da şi săracilor, poate Dumnezeu mă va învrednici să capăt din nou acest dar – statornicia.

Nezicând nimic despre aceasta, tatăl său ceru voie să plece, gândind că mai înainte ca el să deschidă gura, Dumnezeu îi dăduse fiului său gândul cel bun.

34. Țăranul și rugăciunea „pe litere"

Un țăran care nu era foarte mare știutor de carte nu mergea nicăieri fără a lua cu el și cartea de rugăciuni. Memoria nu-l ajuta foarte tare ca să învețe rugăciunile pe de rost, astfel că pe unde mergea, lua cu el și cartea, care de acum era roasă de vreme și avea toate foile îngălbenite de atâta buchisit. Într-o zi țăranul nostru plecă cu căruța într-o grabă foarte mare, iar după ce merse multe stadii, își aduse aminte că ar cam fi ora rugăciunii. Scotoci în traistă, dar văzu că nu-și luase cu el cartea de rugăciuni. Uitase să verifice de acasă dacă are cartea în traistă sau nu. Se supără și se mâhni.

În mersul calului așa, se strădui din răsputeri să-și aducă aminte o rugăciune, dar în nici un fel nu reușea, aproape că-i venea să plângă când, din senin, ce se gândi: „Doamne, Tu care ești bun și le știi pe toate și pe toate le ierți! Uită-te și la mine păcătosul că mi-am uitat acasă cartea de rugăciuni! Și fiindcă altceva nu mă pricep a face uite, jumătate de oră eu o să rostesc alfabetul de la cap la coadă... Și de acolo să alegi Tu literele care alcătuiesc rugăciunile, căci Tu le știi pe toate și uite așa poate voi simți și eu că mă rog!"

Se spune că un înger, auzind aceasta, a spus în sinea lui: „Viu este Domnul, Dumnezeul nostru că nu am auzit până astăzi o rugăciune mai puternică ca aceasta de acum, a țăranului"...

35. Tăietorul de lemne

Un pădurar avea o secure știrbă și cu ea dobora copacii. „Nu am timp să o ascut!", le spunea celorlalți și cu securea știrbă depunea un efort dublu, dar tăia atâția copaci cât să-și asigure traiul de zi cu zi. Un om, care se ocupa mai mult cu rugăciunea și nu prea făcea treabă prin casă, lăsând totul pe seama nevestei, avea obiceiul să râdă de pădurar că tăia copacii cu securea ştirbă. Într-o zi, fiind mare nevoie de el prin curte să ajute la o treabă şi fiind chemat de nevasta sa, acesta refuză sub pretextul că se roagă, că e vremea rugăciunii... Merse în locul unde se ruga de obicei şi auzi acolo o voce ca venind din cer:

„Rugăciunea ta e ca o secure ştirbă."

Tare se miră de această voce, dar apoi cugetând pe îndelete îşi dădu seama că pădurarul, aşa cum avea securea ştirbă, tot îşi făcea treaba lui, tot dobora copacii... Dar el rugându-se şi uitând să-şi ajute aproapele - să slujească celui de lângă el - şi securea ştirbă o avea şi nici copaci nu dobora. Şi hotărî din clipa aceea să-şi preţuiască mai mult nevasta, să înveţe să sară în ajutor aproapelui, să-i slujească şi să-l iubească. Căci a iubi şi a sluji tot rugăciune este.

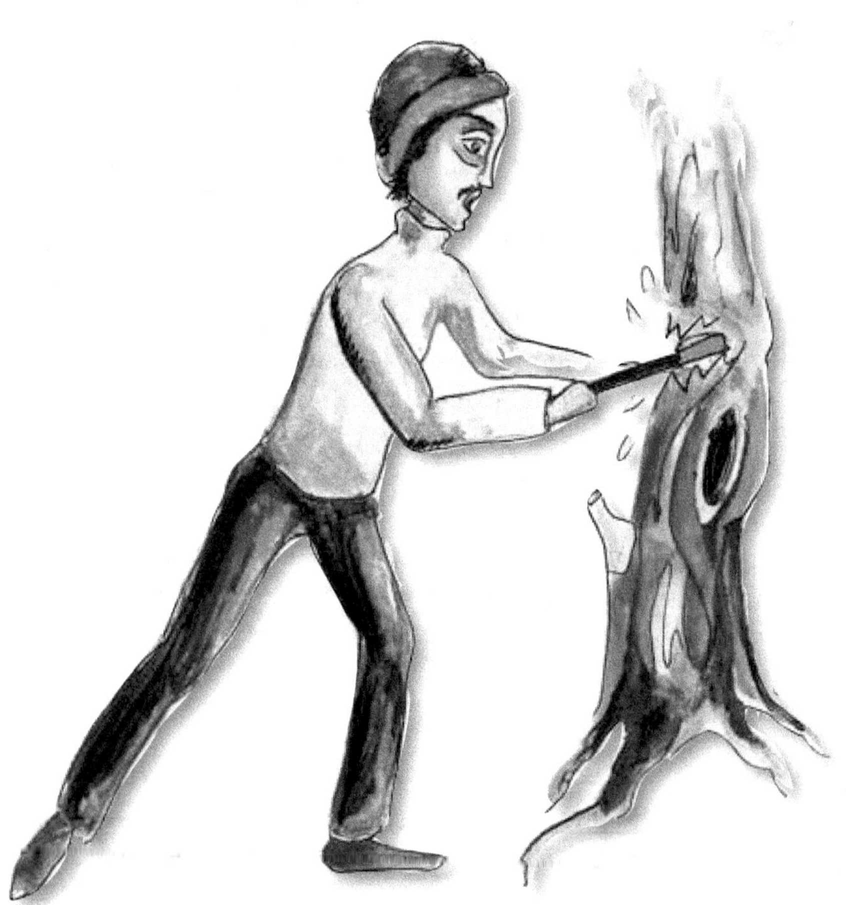

36. Muceniţa care şi-a scos ochii pentru Hristos

O călugăriţă tânără şi frumoasă locuia în chilia ei nu departe de mănăstire în apropierea unui sat. Ea trăia după voia lui Dumnezeu, petrecând în bunăcuviinţă, rugându-se pentru mântuirea sufletului şi îngrijindu-se de sufletul ei cu privegheri şi metanii. Dar necuratul i-a pus gând rău fetei, astfel că un tânăr bogat care mai venea pe la mănăstire s-a îndrăgostit puternic de această fecioară şi a început să-i dea târcoale. Ba stătea uneori pe la uşa ei să o pândească când iese şi intra cu ea în vorbă. Şi mereu când călugăriţa ieşea îl găsea pe tânăr la uşă, iar acesta o supăra cu întrebări pe care le pun de obicei îndrăgostiţii.

Văzând aceasta, fecioara a hotărât să nu mai iasă din casă, dar nici pace nu avea, fiindcă nu putea ajunge la slujbele bisericii. Într-o zi călugăriţa a trimis o femeie care ajuta la treburile mănăstirii să-l cheme pe tânăr. Văzând-o pe această femeie şi auzind de cine este chemat, inima tânărului a început a bate cu putere, gândind că poate fecioara s-a îndrăgostit de el şi de aceea îl cheamă. Când ajunse la chilie, călugăriţa stătea la războiul ei de ţesut şi nu-şi ridica privirea din pământ, ci doar întrebă:

- Ce doreşti de la mine tinere, de ce nu-mi dai pace şi tot te aşezi în calea mea?

- Mi-eşti dragă şi te iubesc şi vreau să-mi fii soţie!.

- Dar ce-ţi place ţie aşa mult la mine? întrebă fecioara.

- Îmi plac cel mai mult ochii tăi, când îi văd mă aprind, ochii tăi mă scot din minţi.

Călugăriţa auzind aceasta a luat suvcica şi-a scos pe loc ochii şi a dat să-i întindă tânărului, care nu a răbdat să vadă asta şi a plecat.

Mergând spre treburile sale tânărul începu să plângă, supărat fiind de răul pe care îl pricinuise acelei monahii. Impresionat de credinţa acesteia - aducându-şi aminte că Scriptura spune: dacă ochiul tău te sminteşte, scoate-l şi aruncă-l de la tine - hotărî pe dată să se facă monah.

37. Lacrimile Maicii Domnului

Într-un sat îndepărtat de munte trăia un bărbat pe nume Chiriac, trecut prin viaţă, căruia nu-i puteai schimba părerea, indiferent că avea dreptate sau nu. Ceea ce nu putea să creadă Chiriac era cum icoanele pot să plângă. Spunea el „icoanele sunt făcute din lemn mort, nu au apă în ele să plângă". Deşi auzise de la mai mulţi cunoscuţi despre aceste icoane făcătoare de minuni, unii dintre ei care chiar fuseseră martorii acestor minuni, Chiriac nu putea să creadă şi pace.

În satul lor fusese o biserică mică de lemn care arsese într-o noapte, iar acum se construia una mai mare şi mai frumoasă. Tot ceea ce mai rămăsese din vechea biserică era o mică icoană de lemn, a Maicii Domnului, veche de când lumea, despre care se spunea că este făcătoare de minuni pentru că scăpase din acel incendiu. Chiar dacă bărbatul ajuta la construirea bisericii noi şi-şi petrecea mai tot timpul în preajma icoanei, care fusese adusă în noua biserică, nu credea în minunile pe care le putea face şi se uita ciudat la cei pe care îi vedea venind să se închine la icoană sau îi aduceau flori Maicii Domnului.

Într-una din zile, deşi era sărbătoare, Chiriac lucra în interiorul bisericii hotărât să-şi termine munca. Era singur înăuntru, şi deşi mulţi îl sfătuiseră să nu mai lucreze că îl va vedea Maica Domnului şi-l va pedepsi, nu asculta de nimeni şi-şi

70

continua lucrul, bombănind întruna. La un moment dat, prin
acoperişul bisericii care nu era încă terminat, începu să plouă.
Şi plouă aşa de tare, cum nu se mai văzuse niciodată. După
câteva minute ploaia se opri şi deşi bărbatul reuşise să se
adăpostească de ploaie, pe jos, în biserică, era plin de apă. Supărat
de această întâmplare, Chiriac vru să se certe cu cineva, dar nu avea
pe nimeni în jur.

Uitându-se apoi spre icoana Maicii Domnului, observă că aceasta era
acoperită de mici stropi de apă care semănau cu nişte lacrimi. Sigur că în sfârşit
a găsit misterul acestor icoane făcătoare de minuni, fugi repede la un muncitor
care locuia în apropiere să-i spună ce a aflat. Dar când Chiriac îi spuse ceea ce
aflase şi că ploaia umpluse biserica de apă, bărbatul începu să râdă de el, spunând
că bietul Chiriac a înnebunit. Dar văzând bărbatul că acest Chiriac vorbeşte
serios, îi spuse că nu este posibil ceea ce spune el, pentru că în sat nu mai plouase
de câteva săptămâni. Bărbatul se duse cu Chiriac în biserică să vadă cu ochii lui
ceea ce acesta spunea. Când ajunse în biserică bărbatul văzu într-adevăr că pe
chipul Maicii Domnului apăruseră lacrimi, dar nu văzu pic de apă în jur.
Neputându-şi ascunde bucuria, începu să se închine şi să se roage la icoana
făcătoare de minuni. Chiriac rămase mut de uimire, iar bărbatul îi spuse că acesta
sigur fusese un semn de la Maica Domnului pentru el, ca astfel să nu mai lucreze
în zilele de sărbătoare şi să se facă un om mai credincios.

38. Leul cel credincios

Întâlnind, pe malul Iordanului, un leu
care era înţepat în laba unui picior, rană
ce se infectase cumplit, avva Gherasim a fost rugat
de fiară - care îi arăta, cu
lacrimi, piciorul cu pricina -
să-i dea ajutor. Gherasim
i-a scos spinul, a
curăţat rana şi a
legat laba leului
cu o pânză, după
care l-a îndemnat
să plece. Animalul
a rămas însă lângă sfânt, „ca un adevărat
ucenic", însoţindu-l pretutindeni.

În scurt timp, leul s-a integrat în obşte, fraţii îndatorându-l, în schimbul mâncării, cu slujbe, printre care şi aceea de a duce un măgar la apă. Odată, nefiind leul atent, nişte negustori arabi au luat măgarul. Animalul s-a întors la avva cu capul plecat. Crezând că leul a mâncat măgarul, în locul supărării, sfântul a rânduit fiarei slujba măgarului, aceea de a căra apă de la Iordan la mânăstire, serviciu pe care l-a împlinit până când un ostaş, aflând de acest canon, a dăruit bani pentru cumpărarea altui măgar. La o vreme, trecând iar prin zonă arabul care furase măgarul, leul şi-a eliberat prietenul şi a mers să i-l arate părintelui.

Văzând că leul nu greşise, sfântul i-a pus numele Iordan. Şi aşa au vieţuit împreună cinci ani, până la moartea lui Gherasim. Istoria spune că leul nu era de faţă, aşa încât, revenind şi negăsindu-şi ocrotitorul, l-a căutat cu înfrigurare până când, condus de ucenicul avvei, a găsit mormântul şi a murit, la rândul său, acolo.

39. „Sfoară" cel milostiv

Într-o mănăstire din Grecia cu viaţă de sine, trăia un monah căruia îi spuneau „Sfoară", pentru că toţi spuneau că acesta nu dădea nimic, că era un mare zgârcit. Dar când a murit monahul acesta, la înmormântarea lui s-au adunat oameni săraci din Halchidiki, din Sfânta Maria Mare, şi din câteva sate şi îl plângeau. Aceştia aveau boi şi cărau lemne, pentru că atunci transportul se făcea cu boii, nu ca acum cu maşinile.

Ce făcea sărmanul acesta? Aduna-aduna banii care i se dădeau pentru ascultările ce le făcea şi când vedea pe vreun om că avea numai un bou sau îi murise boul său, îi cumpăra un bou. Şi atunci ca să cumperi un bou era mare lucru: costa 5000 de drahme... Ceilalţi părinţi dădeau cinci drahme la un sărac, zece la altul, douăzeci la altcineva, adică făceau astfel de milostenii care se vedeau.

Ale aceluia nu se vedeau deloc, pentru că nu dădea precum dădeau ceilalţi, ci îi aduna şi ajuta în ascuns, în felul acesta. Astfel toţi îi spuneau „Sfoară, Sfoară", şi i-a rămas numele „sfoară", adică strâns „ca sfoara". Şi în cele din urmă, atunci când a murit, s-au adunat sărmanii şi plângeau. „M-a mântuit!" spunea unul. „M-a mântuit" spunea altul. Deoarece atunci, dacă cineva avea un bou, căra lemne şi îşi hrănea familia sa. Atunci părinţii au rămas uimiţi de faptele acestea ale monahului, încredinţându-se că şi acesta fusese un rob ascuns şi plăcut al lui Dumnezeu.

40. Pantofii micului prinţ

Într-un ţinut îndepărtat trăia un împărat bogat şi foarte fericit pentru că avea un copil drăgălaş, cuminte şi ascultător. Dar bucuria împăratului nu ţinu mult. Când băiatul împlini patru ani, primi de la un bătrân pantofar prima lui pereche de pantofi. Erau o mândreţe de pantofi, demni pentru un prinţ aşa ca el. Deşi pantofii erau făcuţi cu multă măiestrie din cea mai bună piele, băiatul nu se putu bucura de ei. În clipa în care îi puse în picioare se simţi obosit şi-şi simţi picioarele arzând de parcă stătea pe cărbuni aprinşi. Crezând că pantofii sunt de vină, regele dădu ordin altui pantofar să-i facă încălţări prinţului, dar nici de această dată micul prinţ nu putu să-i ţină foarte mult în picioare. Era mereu la fel, de câte ori punea pantofii în picioare, simţea că acestea îi iau foc. Necăjit, regele ceru să i se facă papuci din cel mai rezistent material, dar nici pe aceştia nu putu micul prinţ să-i ţină în picioare prea mult.

Astfel micul prinţ fu nevoit să-şi învelească picioarele în cârpe şi-n piele de mistreţ ca să poată merge. Dar după un timp pielea se tocea şi prinţul ajungea să meargă tot în picioarele goale. Mult timp se chinui prinţul aşa, până într-o zi când, la vârsta de 15 ani, tânărul întâlni o bătrână care îi spuse o poveste.

Şi îi povesti baba că mai demult, în acel ţinut, trăia un bărbat foarte mândru, căruia îi plăcea să se laude cu încălţările lui cele noi. Nu era săptămână în care bărbatul să nu-şi etaleze frumoasele încălţări. Pe când se plimba prin oraş cu pantofii lui cei noi şi încrustaţi cu nestemate, pentru ca toţi să îi observe şi să îl laude, bărbatul întâlni un om sărman care îi ceru un bănuţ. Bărbatul se uită la el şi văzu că sărmanul purta o pereche de pantofi rupţi în vârf, cu talpa prinsă cu cârpe şi refuză să-i dea bani, spunându-i:

„Banii nu te vor ajuta cu nimic, dacă nu înveţi să-ţi preţuieşti pantofii, aşa ca mine!”

La auzul acestor vorbe, sărmanul om nu putu decât să se întristeze şi-i spuse bărbatului, mai mult ca o avertizare:

„De nu-ţi vei schimba viaţa, cineva din familia ta pe care îl vei iubi ca pe ochii din cap, va avea de suferit... .Şi ca mine va umbla pe străzi, desculţ, chiar de va fi să fie vlăstar regal!”.

Bărbatul nu luă în seamă aceste vorbe şi crezu că cerşetorul pe lângă faptul că nu preţuieşte pantofii, mai este şi nebun.

Tânărul prinţ, auzind această poveste, o rugă pe bătrână să-i spună cine este acel bărbat care se mândrea atât de tare cu pantofii lui. Atunci bătrâna îi spuse că acel bărbat era chiar bunicul său, regele, care, tânăr fiind, mai înainte de a lua tronul, umbla prin târguri să se laude cu încălţările sale. Iar tânărul nostru îşi dădu seama că pentru păcatele bunicului, care între timp trecuse la Domnul, suferă el acum şi picioarele îi iau foc din cauza pantofilor.

Prinţul o rugă apoi pe bătrână să-i spună cum să scape de blestemul cerşetorului. Femeia îi spuse că doar 100 de pantofi noi l-ar putea salva.

„Vezi tu, zise baba, dacă bunicul tău ar fi dat atunci un bănuţ, n-ar mai fi fost nevoie de atâtea încălţări! Când ai, miluieşte-l şi pe cel care nu are, chiar dacă este îmbrăcat urât sau are haina murdară!”

Şi îi mai spuse baba să ceară pantofarului 100 de pantofi noi dintre care 99 să-i dea oamenilor sărmani şi după ce va fi făcut aceasta, abia a o suta pereche să o încalţe el.

Auzind acestea, tânărul îi mulţumi femeii, îi dădu un bănuţ, fără ca baba să i-l ceară, şi se duse la tatăl său să-i spună ce aflase. Regele mărturisi că auzise de un blestem, dar nu crezuse că se va împlini.

Fericit că în sfârşit fiul lui se va putea încălţa, regele ordonă să se facă cei 100 de pantofi noi şi împreună cu prinţul se duse să îi împartă prin împărăţie, bucurând inima multor sărmani din regat. Când în sfârşit au dat şi cea de-a 99-a pereche, prinţul luă perechea cu numărul 100 şi o încalţă. Şi ce să vezi!?... Pentru prima oară nu-şi mai simţi picioarele arzând, ci dimpotrivă simţi că parcă era încălţat în puf şi parcă cea mai fină mătase îi mângâia picioarele. Pur şi simplu îi venea să zboare de bucurie.

Şi ţinu minte lecţia aceasta a puterii milosteniei, astfel că atunci când ajunse rege, ori de câte ori voia să-şi schimbe o pereche de pantofi tociţi, ordona pantofarului să facă nu o pereche, ci o sută, din care el păstra numai una.

41. Călugărul care evita să calce furnica

Părinţii de la Sihăstria povestesc că la Mănăstirea Secu trăia un părinte cu viaţa curată, plin de Harul lui Dumnezeu, unul dintre numeroşii călugări care s-au nevoit în aceste locuri. Acesta îşi petrecea viaţa sa duhovnicească cu multă evlavie, iar darurile sale aduse lui Dumnezeu nu erau la prima vedere prea însemnate.. El căuta îndeosebi să cultive în tinerii monahi şi învăţăcei răbdarea şi le explica adeseori că treptele sporirii în dobândirea acestei virtuţi sunt: răbdărică, răbdare şi răbdăroi. Acesta mai avea darul privegherii şi nu se odihnea niciodată pe pat, ci dormea pe un scaun mic. Dar cel mai mult se minunau cei din jurul său că atunci când ajunsese mai spre bătrâneţe, pe când mergea pe o cărare sau pe un drum, stătea mai tot timpul cu privirea aţintită în jos. El nu le spunea tuturor motivul, doar câţiva ştiau că încă având privirea ageră putea să vadă chiar şi o furnică şi se uita în jos ca să nu o calce. Gândea desigur că şi furnica este făptură de la Dumnezeu şi ar fi făcut mare păcat dacă ar fi omorât-o.

42. Averea şi boala

Unui om Dumnezeu i-a dat o slujbă bună şi bine plătită, dar el nu credea. Apoi, cu voia lui Dumnezeu a cunoscut o femeie frumoasă, pe care a luat-o de soţie, dar el tot cârtea împotriva lui Dumnezeu. Femeia rămânând însărcinată i-a făcut un copil frumos, acesta a crescut armonios, era sănătos deştept şi primul la învăţătură în clasa lui, dar omul tot nu credea. Apoi a moştenit case şi pământuri, Dumnezeu sporindu-i averea, dar el tot nu credea.

Şi a căpătat de la Dumnezeu şi alte daruri, dar el tot se îndoia. Până într-o zi când omul nostru s-a îmbolnăvit - şi văzând că nici femeia, nici casa, nici averea, nici faima de care se bucura nu-i folosesc când e bolnav - a început să creadă.

43. Tânărul care era invidios pe prinţ

Un tânăr care locuia într-un sat nu departe de curtea unui împărat era invidios pe prinţ, un tânăr care era exact de vârsta lui, motivul fiind; viaţa de huzur a fiului de împărat. El auzea de la oamenii din sat sau chiar de la părinţii săi ce isprăvi a mai făcut micul prinţ la nu ştiu ce bal, ori la o partidă de călărie, ori prin bâlciuri sau târguri.

Tânărul de la ţară muncea cam toată săptămâna ajutându-şi părinţi la gospodărie şi se odihnea sâmbăta după amiaza şi Duminica după amiaza. El ar fi vrut aşa, după mintea lui, ca în timpul acesta când nu muncea să aibă şi el activităţi ca ale prinţului. Dar nu putea avea acestea; odată, fiindcă era sărac şi a doua; fiindcă nici timp nu avea prea mult Duminica dimineaţă, fiind dus de părinţii săi la Biserică. Este adevărat că părinţii săi nu-l duceau cu forţa la Sfânta Liturghie, el fiind un tânăr credincios şi cu frică de Dumnezeu, căruia îi plăcea să se închine şi să se roage.

Dar tot avea aşa o mâhnire gândind că în vremea în care el nu ştie decât de Biserică, prinţul era prin târguri cumpărându-şi lucruri scumpe, pe la partide de călărie sau pe la comedii şi bâlciuri. Într-o zi, după Sfânta Liturghie de Duminică, auzi nişte vecini discutând despre prinţ şi se apropie să audă ce zic aceia, care oricum povesteau în gura mare.

Fiul de împărat fusese în acea dimineaţă de Duminică la bâlci şi acolo a încălecat un ponei care a dat cu el de pământ atât de tare, încât l-a lăsat fără suflare. După ce şi-a venit în simţiri l-au dus la doctori şi aceştia i-au spus că va umbla o perioadă destul de mare în cârje căpătând mai multe beteşuguri.

Tânărul nostru auzind acestea - curios lucru! - dintr-o dată nu mai fu invidios absolut deloc pe prinţ. Şi-şi dădu seama că îşi dorea multe din cele pe care le are prinţul, dar nu şi beteşugul său.

44. Păcatul împărţit la trei

La sfatul unui apropiat o femeie care avea un păcat greu, cumpără pentru o bisericuţă care era încă în construcţie, covoare de pus pe jos care valorau o avere. Bucuroasă de această faptă pe care ea o considera suficientă pentru a i se şterge păcatul se duse la o mânăstire cu gând să se împărtăşească. Un preot din mânăstire care a spovedit-o înainte de a primi Sfânta Împărtăşanie, nu numai că a oprit-o de la a gusta din Sfintele Daruri, dar o şi certă, fiindcă a îndrăznit să creadă că poate cumpăra harul lui Dumnezeu cu câteva covoare.

Femeia s-a dus după aceea la poarta mânăstirii şi acolo începu să plângă, căci nu voia să plece la casa ei fără să se împărtăşească. Pe la poartă trecu un alt preot şi o întrebă de ce plânge. Femeia îi povesti, preotului, care era chiar stareţul acelei mânăstiri, ce se petrecuse mai devreme. Acesta o chemă în biserică şi acolo îi dădu Sfânta Împărtăşanie.

Apoi femeia mirată, că acest preot nu a certat-o, ba chiar a primit-o cu atâta căldură şi blândeţe părintească, întrebă:

- Dar cum se face că sfinţia voastră mi-aţi dat voie să mă împărtăşesc, iar celălalt preot nu?

- După faptele şi lucrările spuse preotului aceluia, nu erai tocmai vrednică de împărtăşit, dar lacrima te-a izbăvit, căci pocăinţa cu lacrimi se face! Şi mai e un lucru! Preotul acela este încă tânăr, iar arta de a îndruma credincioşii, adică preoţia, nu se învaţă peste noapte. Când un păcat este prea mare, să lăsăm taina vindecării lui o treime în seama lui Dumnezeu, o treime pe seama duhovnicului şi o treime pe seama celui care şi-a spus păcatul. Nu-l îngreuna pe om peste măsură, dar nici nu-l uşura prea mult; aşa trebuie să se poarte preotul cu fiii săi duhovniceşti.

45. Sărăntocul din tinda bisericii

Un om sărac şi bătrân, fără rude şi fără casă avea permisiunea de la preot să doarmă noaptea în tinda bisericii. El se învelea cum putea cu o pătură ruptă şi murdară şi dormea acolo în frig, singurul avantaj fiind că nu s-ar fi udat dacă Dumnezeu ar fi dat ploaie. El nu deranja pe nimeni, nu vorbea şi nici nu cerşea, dar cu toate astea mai multe femei din zonă nu-l sufereau spunând că este murdar şi că cine ştie ce microbi poartă în hainele lui murdare. Găsiră aceste femei un pretext şi se duseră apoi la părinte să discute. Ele spuseră că nu pot dimineaţa să se apuce de curăţenie în tinda bisericii, fiindcă sărăntocul stă acolo întins şi slujitorul lui Dumnezeu le făcu pe plac şi îi spuse bătrânului să plece, fiindcă deranjează. Acesta a plecat fără să cârtească, iar femeile erau bucuroase că se făcuse în biserică ceea ce ele voiau.

După ce au ieşit într-o seară de la vecernie intrară în vorbă cu jandarmul care patrula prin târg după cum îi era misiunea. Acesta le întrebă:

- Dar unde este bătrânul care dormea în tinda bisericii?

O femeie îşi ascuţi glasul şi rosti cu mândrie.

- Un' să fie? La treburile lui! L-am izgonit din tinda bisericii... Ce acolo e loc de dormit?

- Păi rău aţi făcut! rosti jandarmul.

- Păi de ce să facem rău, că ne-a dat voie părintele! rostiră ele răspicat.

- Ei ştiţi că eu mai am şi ronduri de noapte! Şi de multe ori l-am surprins pe bătrân făcând lucruri dumnezeieşti.

- Eiiiii, cum să facă lucruri dumnezeieşti zdrenţărosul acela!?

- Ei, aflaţi creştinelor acestea, că sunt lucruri pe care nici părintele nu le ştie. Sărăntocul din tinda bisericii, sau zdrenţărosul cum îi ziceţi voi, a apărat odată biserica de hoţi şi prădători sărind la ei cu bâta. Altă dată i-a dat lumânări unei femei care avea soţul muribund.

Femeia neştiind ce să facă, fiind miezul nopţii şi soţul ei aproape să-şi dea sufletul, a venit aici la biserică ca să găsească o lumânare şi sărăntocul a ajutat-o. Şi altădată

văzând că vasul cu agheasmă are o gaură prin care se scurgea apa
sfinţită de Bobotează s-a pus să repare vasul, căci altfel toată apa
sfinţită ar fi curs pe jos şi s-ar fi făcut mare păcat…

- Şi de ce nu ne-ai spus astea din timp? Căci noi n-am ştiut că
omul are faptele astea bune, spuseră femeile.

- Bătrânul m-a rugat frumos să tăinuiesc acestea, fiindcă fapta
bună se face într-ascuns, nu se trâmbiţează. Voi ştiţi că el nu vorbea, dar mi-a
spus într-o seară acestea: „Mai repede mă odihnesc, faţă de păcatele mele când
sunt înghiontit, jignit sau izgonit, decât atunci când mă laudă lumea. Rogu-te
fii bun şi nu spune cuiva că aş fi făcut ceva bun, lasă-mă astfel să mă odihnesc!”.

Auzind acestea femeilor le-a părut rău că au izgonit săracul şi au plecat
apoi care încotro să-l caute. Şi se spune că încă mai caută şi astăzi, fiindcă nu l-au
mai găsit.

46. Copacul cu gunoi la rădăcină

Un om în vârstă, pe numele său Vasile,
luminat fiind într-o zi de Bunul
Dumnezeu, începu dintr-odată să
duce o viaţă cuvioasă, asta după
ce îşi făcuse o reputaţie prin sat
cum că ar avea toate păcatele
strânse şi că ar fi primul în rândul
păcătoşilor. Se mirară toţi cum după atâtea
beţii, desfrânări, înjurături şi multe alte rele şi
păcate, omul avea, de acum, curajul să se
înfăţişeze Domnului, să devină nelipsit de la
slujbele religioase, să se străduiască să facă bine lui şi celor
din jur.

Pentru reputaţia lui de om păcătos nu toată lumea din
biserică îl vedea cu ochi buni, ba unul dintre credincioşi nu-l
putea suferi şi mereu îi adresa câte o vorbă din care să înţeleagă
că degeaba s-a pocăit acum la bătrâneţe, că tot o să ajungă
în focul iadului. La vorbele acestui om, bătrânul cel cu
multe păcate nimic nu răspundea, fiindcă ştia că poate

acela are dreptate. Nici după jumătate de an de când lepădase păcatele mari, acela nu-l slăbea pe Vasile și îi spunea că nu îi este de ajuns ce a făcut, că pentru relele cele vechi o să ajungă în iad. Tot așa până într-o zi, când omul nostru nu mai răbdă și spuse:

- Ascultă omule, văd că știi multe și ești însetat de mântuire, de aceea am să te întreb ceva!

- Întreabă-mă! răspunse acela.

- Voi când vreți ca un pom să fie mai frumos, mai vânjos și mai roditor, puneți și îngrășământ?

- Da Vasile, punem și îngrășământ și gunoi din grajd, îl udăm, de toate…

- Apoi după mintea mea gândesc așa! zise Vasile. Că dacă așa, cu voia lui Dumnezeu, copacii ăstia s-au făcut frumoși, chiar dacă au avut cândva gunoi la rădăcină, apoi cu atât mai mult omul - fiindcă e făcut după chipul și asemănarea lui Dumnezeu – se va face frumos și va moșteni împărăția de sus, chiar dacă a avut gunoi la rădăcină. Dacă Tatăl m-a chemat la frumusețe, tu de ce vrei să zădărnicești chemarea Lui cea tainică?

Auzind acestea, omul acela nimic nu mai spuse și începu să-și vadă mai mult de ale sale, decât de ale altora.

47. Leneș sau mândru

Un tânăr era leneș și mândru și dorea să scape de una din două. El s-a dus la duhovnic, s-a spovedit îndelung și apoi și-a exprimat dorința aceasta arzătoare, de a renunța la una din două: ori la lene ori la mândrie.

Părintele cumpăni un pic și zise:

- Fiule, află că leneșul îl cunoști după lucrarea sa, fiindcă nu țipă niciodată „Sunt leneș! Ajutați-mă să fac cutare lucru sau cutare!". El pur și simplu nu face! La fel și pe omul mândru n-ai să-l auzi cum spune: „Iertați-mă, știți, sunt cam mândru!". El pur și simplu face lucrările mândriei.

Și mai zise părintele:

- A recunoaște lenea din tine, este ca și cum ai făcut primii pași spre hărnicie, după cum a recunoaște mândria din tine este primul pas spre a înfia smerenia. Cel mai bine este să te rogi! Dumnezeu te va ajuta astfel să te cureți și de o patimă și de alta. Iar o patimă, să știi, că niciodată nu lucrează singură. Din prea multă lene se naște și mândria, căci lipsindu-ne de lucrările lui Dumnezeu, se așează în noi mândria…Și la fel, din prea multă mândrie se naște lenea, căci ai impresia despre tine că eşti ceva sau cineva şi te leneveşti în ascultări şi împlinirea poruncilor lui Dumnezeu. Dacă vrei să alegi una din două, alege rugăciunea!

Auzind acestea copilul plecă spre casa lui mai îndreptat.

48. Satul cuvioşilor

Un râu vijelios despărţea două sate cu oameni diferiţi. Cei care trăiau de-a dreapta râului erau consideraţi sfinţi, fiindcă - spuneau ei - lucrau numai fapte bune, erau credincioşi, ţineau posturile şi făceau milostenie, a zecea parte din venitul lor o duceau la biserică. Iar de-a stânga era ,,satul păcătoşilor", cu oameni leneşi, cam cheflii, care nu prea mergeau pe la biserică şi nu ţineau poruncile cum trebuie.

Într-una din zile, se lăsă deasupra celor două sate un nor negru înspăimântător şi începu într-o clipă o furtună cum nimeni nu mai văzuse. Se mai linişti un pic furtuna, mai încetară tunetele şi fulgerele şi ce să vezi!? Râul începu să se umfle văzând cu ochii şi inunda gospodăriile. Dar ca un făcut s-a inundat doar ,,satul cuvioşilor", nu şi cel ,,al păcătoşilor". Multe case ale celor care se credeau sfinţi s-au stricat, multe animale s-au înecat şi cu multă pagubă s-au trezit prin gospodăriile lor.

După ce Dumnezeu a dat soare şi toate lucrurile s-au liniştit, cuvioşii au început să-şi pună întrebarea, cum de satul păcătoşilor a scăpat de inundaţie, iar ei s-au trezit cu atâta pagubă. Unul dintre sătenii cuvioşi, cunoscut pentru înţelepciunea sa, dori să cerceteze acestea şi făcu un drum până la râu. Acolo întâlni pe oarecare din satul păcătoşilor, îl salută şi intră cu el în vorbă. Acela i-o luă înainte cu vorba şi zise:

- Ce aţi crezut, că dacă duceţi viaţă cuvioasă este suficient să nu vă plouă? Eu cam ştiu de ce satul vostru a fost inundat şi al nostru nu!

- Păi care ar fi motivul?

- Motivul este acesta: că oricât de smerit eşti, de cuminte, de ascultător faţă de poruncile lui Dumnezeu, mântuirea nu trebuie lucrată doar pentru tine.

- Păi ne ajutăm între noi, vrem să ne mântuim sufletele cu toţii, spuse „cuviosul".

- Aşa este, vă ajutaţi între voi, spuse „păcătosul" apăsând pe ultimele două cuvinte. Dar râul acesta nu l-aţi mai trecut spre noi de câţiva ani buni! Să veniţi aici şi să ne spuneţi şi nouă cuvântul lui Dumnezeu şi să ne învăţaţi viaţa cuvioasă. De aceea v-a dat Dumnezeu inundaţia, fiindcă ne-aţi lăsat să ne pierdem sufletele deşi suntem vecini...

- Păi atunci haidem să facem pace, spuse săteanul „cuvios", întinzând mâna păcătosului. Şi fie ca odată cu această mână întinsă, să facem din două sate o singură comună şi împreună să ne mântuim!

- Bine ai grăit frate! spuse „păcătosul". Căci mântuirea nu e pentru un om, ci pentru noi toţi. Eu gândesc aşa, că omul oricât ar fi de păcătos, se poate apleca dintr-odată spre viaţa cuvioasă. Să-L lăsăm aşadar pe Dumnezeu, ca de azi înainte, să dea soare şi ploaie peste amândouă satele, ca împreună să suferim şi cele bune şi cele rele. Şi tot împreună să ne pregătim pentru dorita întâlnire cu Domnul, atunci când El ne va chema la El să ne spună, dacă suntem mântuiţi sau nu.

49. Conservele bătrânului Efrem

Pe când Părinţii din Sfântul Munte coborau şi cumpărau câte ceva sau primeau binecuvântări de la alte mănăstiri - posmag sau legume -, cobora şi Bătrânul Efrem, noaptea în ascuns, şi îşi umplea traista cu cutii de conserve goale de prin gropi. Iar ziua urca şi el cu sacul încărcat în sihăstria lui, dând astfel celorlalţi impresia că duce alimente. Când ajungea la peşteră, punea cutiile de conserve înaintea uşii peşterii sale, ca vizitatorii să le vadă şi să-şi facă impresia că este mâncăcios, tocmai el care ţinea posturi lungi. Iar din multa nevoinţă şi din multa umezeală ce avea peştera, mai târziu a dat în tuberculoză. De aceea a fost nevoit ca singur să-şi zidească puţin mai departe de peşteră, într-un loc însorit, o colibă mică de piatră care abia îl încăpea. Acolo şi-a continuat acelaşi tipic: căra în ascuns cutii de conserve goale de prin gropi şi le lăsa înaintea uşii sale.

Toţi cei care le vedeau - fiindcă nu ştiau adevărul despre bătrânul Efrem - spuneau:

- Ce face acesta aici? A adunat toate conservele!

Binecuvântările (alimentele) ce i le dădeau câteodată Părinţii le primea cu bucurie, dar noaptea mergea şi le lăsa pe la chiliile Părinţilor ce aveau nevoie sau la bolnavi, cărora le şi slujea. El însuşi avea multă dăruire şi se lăsa în purtarea de grijă a lui Dumnezeu.

Odată, când a fost închis în peşteră, din pricina zăpezii, Bunul Dumnezeu a trimis hrană Bătrânului Efrem printr-un om care, după ce a lăsat o traistă plină, a dispărut dinaintea bătrânului. Stareţul a slăvit pe Dumnezeu şi a trecut toată iarna aceea cu acea binecuvântare a lui Dumnezeu.

Pe lângă toate cele ce le-am spus, Bătrânul Efrem avea multă prihănire de sine şi unii, din păcate, credeau cele spuse atunci când se clevetea pe sine. Astfel, în smerenie şi în ascuns şi-a sfârşit nevoinţă sa aspră pentru dragostea lui Hristos şi s-a odihnit în Domnul.

50. Găinuşa cu ouă de aur

O tânără se mută împreună cu soţul ei la ţară, în casa bunicilor, care muriseră de puţin timp. Aici, cei doi găsiră tot ceea ce le trebuia ca să ducă o viaţă liniştită. Aveau o grădină roditoare, pomi fructiferi şi câteva păsări de curte.

Femeii îi plăcea foarte mult să stea în curte şi să se îngrijească de grădină. Cel mai mult se bucura când auzea găinile cotcodăcind, fiind sigură că acestea i-au făcut ouă gustoase. Îi plăcea să stea printre ele şi să le dea grăunţe şi mereu căuta să vadă care găinuşă e mai harnică. Printre găini era şi una pitică, despre care femeia ştia de la bunica ei că i se spune „Puiuţu".
Aproape în fiecare zi „Puiuţu", începea să cotcodăcească foarte tare ca şi cum ar fi făcut un ou de care era

foarte mândră.

Dar când femeia se ducea la coteț să vadă oul, ce să vezi!... În mijlocul cuibarului stătea un ou mic cât o alună. Tânăra mereu certa găinușa că pentru atâta lucru făcea o gălăgie așa de mare și o repezea cu mătura.

Azi așa, mâine așa, până într-o zi când femeia sătulă de cotcodăcelile găinușei îi puse gând rău să o vândă la târg. Ce se gândi ea, că mai bine să ia pe ea un pumn de grăunțe decât să stea în curtea ei degeaba! Dar gândindu-se mai bine, femeia își dădu seama că nu poate să ducă găinușa la târg pentru că aceasta era prea mică și lumea ar fi râs de ea. Cum să vândă o găinușă așa de mică care nici nu face ouă? Se hotărî atunci tânăra să taie găinușa și să facă mai bine o supă din ea, că așa ar avea și ceva de mâncat. Și se băgă femeia în pat hotărâtă ca a doua zi să-i ceară soțului să taie găinușa și nici nu adormi bine că avu un vis ciudat.

În vis îi apăru bunica ei care ținea găina pitică în brațe, și-i spuse:

„Ce ai tu cu „Puiuțu", cu găinușa mea! De ce vrei să o tai?"

Atunci femeia răspunse:

„Păi uite că mă supără mereu. Cântă cel mai tare dintre toate, cotcodăcește de numai pe ea o aud, dar face un ou așa de mic că nu ai ce face cu el."

„Da ce-ți pasă ție de ou? Nu ești mândră că poate cânta așa de frumos și tare?"

„Da cu ce mă ajută pe mine că ea poate cânta? Nu știe decât să facă gălăgie și să le sperie pe celelalte… Că de fiecare dată când cântă ea celelalte găini se ascund în coteț."

„Ei bine, află fata mea că această găină are ouă de aur și un glas fermecat!" spuse buna ei.

„Cum așa?" se miră femeia.

„De fiecare dată când o primejdie apare, ori un uliu sau un alt animal amenință păsările, ea fuge repede prin toată curtea și cântă cât poate de tare ca să le atenționeze pe celelalte…Găinile, când o văd fugind așa și cântând tare, știu că e o primejdie, și intră în coteț sau pe dedesubt, se ascund, astfel că niciuna nu a fost răpită de uliu sau de vreun alt animal, până acum, tocmai datorită acestei găini pitice. Tu chiar credeai că degeaba o alintam eu „Puiuțu"? Găinușa aceasta chiar face ouă de aur, fiindcă slujește cu credință celorlalte".

Femeia se trezi dimineața uimită, gândindu-se la visul pe care îl avuse și se hotărî să se pună la pândă să vadă dacă visul era adevărat. Astfel își făcu de lucru toată ziua prin grădină, căci soțul ei nu era acasă, și se uita mereu la păsări doar-doar o să vadă vreo amenințare venind. Pe la amiază, când nici nu mai credea că se va întâmpla ceva auzi găinușa cea mică cotcodăcind. Merse femeia repede în curtea păsărilor, şi când se uită în sus văzu un uliu care dădea rotocoale pe cer, apropriindu-se încet. În curte nu mai era nici o găină, doar „puiuţu" stătea şi cotcodăcea lângă coteţ. Atunci femeia se grăbi spre locul acela, se duse la găinuşă, o luă în braţe, o puse în coteţ lângă celelalte, la adăpost şi închise uşa.

51. Visul regelui

Un rege a visat odată că un fost rege se desfăta vieţuind în Rai, iar un preot se chinuia în focurile iadului. Mirat de un aşa vis a chemat la curtea sa un înţelept care i-a spus acestea: „Nu ştim cu adevărat judecata lui Dumnezeu, dar pentru că i-am cunoscut pe aceşti oameni, pot să presupun că regele se află în Rai, fiindcă niciodată nu a i-a vorbit de rău pe preoţi şi i-a respectat. Iar preotul se află în iad, fiindcă i-a vorbit de rău pe regi şi a făcut cu ei compromisuri".

52 Lacrimile lui Hristos

Un tânăr monah era tare mâhnit că niciodată nu i se arătase Domnul, în vis sau altfel, că niciodată nu vorbise măcar cu unul din Sfinţii lui Dumnezeu. El auzise că Dumnezeu s-a arătat tuturor fraţilor şi că mulţi fraţi vorbeau zilnic cu sfinţii şi atunci hotărî să renunţe la călugărie.

A lepădat hainele călugăreşti, apoi în lume, într-o singură zi s-a îmbătat, a curvit, a participat la jefuirea unui bogătaş beat apoi a cerut o slujbă unui cârciumar. Cârciumarul i-a dat o slujbă de ajutor la bucătărie şi i-a dat şi o cameră. Aici călugărul adormi, dar se trezi la miezul nopţii după obiceiul pe care şi-l făcuse, căci întotdeauna se ruga la miezul nopţii când era monah. Şi-a dat seama că poate rugăciunea îl va ajuta să mai spele din păcatele pe care le-a făcut în acea zi şi s-a dus într-un colţ îngenunchind. Acolo rugându-se, l-a podidit plânsul. Nu a băgat de seamă la lacrimile care îi curgeau, şi acolo – după atâta oboseală şi după atâta păcat - adormi din nou. A dormit adânc şi trezindu-se dimineaţă, a văzut că locul era pătat de sânge acolo unde el a plâns. S-a uitat peste tot, chiar şi în oglindă; şi-a cercetat fiecare parte a corpului. Văzu că nu are nici cea mai mică zgârietură, că sângele nu era al lui. S-a uitat mai bine şi iar s-a apropiat de locul unde făcuse rugăciunea şi văzu din nou stropii de sânge. Atunci a înţeles că pentru păcatele lui, Hristos plânsese odată cu el, dar nu cu lacrimi de om, ci cu lacrimi de sânge.

Lecturi recomandate

Mica Biblie,
tipărită sub îndrumarea
Prea Fericitului Părinte Teoctist

Limonariu sau *Livada duhovnicească*
de Ioan Moshu

Flori din Grădina Maicii Domnului
de Cuviosul Paisie Aghioritul

Cuvinte duhovniceşti
de Cuviosul Paisie Aghioritul

Ne vorbeşte Părintele Cleopa
de Arhimandrit Ilie Cleopa

Filocalia pentru copii şi tineri
de Cristian Şerban (vol. I-II)

Minunile creaţiei
de Arhim. Daniil Gouvalis

Rugăciunea broaştei
de Anthony de Mello